勝負めし

小料理のどか屋 人情帖40

倉阪鬼一郎

時代小説
二見時代小説文庫

勝負めし——小料理のどか屋人情帖40

目次

勝負めし　小料理のどか屋 人情帖40・主な登場人物

時吉《ときち》……………のどか屋の主《あるじ》。元は大和梨川藩《やまとなしがわはん》の侍・磯貝徳右衛門《いそがいとくえもん》。長吉屋《ちょうきちや》の花板も務める。

おちよ…………大おかみとしてのどか屋を切り盛りする時吉の女房。父は時吉の師匠、長吉。

千吉《せんきち》……………祖父長吉、父時吉の下で板前修業を積んだのどか屋の二代目。

およう…………子育てをしながら「若おかみ」を務める千吉の女房。

万吉《まんきち》……………千吉とおようの息子。

おちえ…………嫁入りした江美《えみ》と戸美《とみ》の後釜として、のどか屋を手伝う、巴屋《ともえや》の縁者の娘。

安東満三郎《あんどうみつさぶろう》……隠密仕事をする黒四組《くろよんぐみ》のかしら。甘いものに目がない、のどか屋の常連。

万年平之助《まんねんへいのすけ》……黒四組配下の隠密廻り同心、「幽霊同心」とも呼ばれる。千吉と仲が良い。

筒堂出羽守良友《つつどうでわのかみよしとも》……傍流ながら大和梨川藩主の座に就いた殿様。お忍びでのどか屋に顔を出す。

筒井堂之進《つついどうのしん》……筒堂出羽守良友がお忍びで町に出るときに使う偽名。

兵頭三之助《ひょうどうさんのすけ》……大和梨川藩江戸勤番の藩士。頭脳派として評判の将棋の名手。

目出鯛三《めでたいぞう》……狂歌師。かわら版の文案から料理の指南書までも書く、器用な男。

おとき…………本郷竹町《ほんごうたけちょう》生まれ。若くして死んだ父政吉《まさきち》から将棋の手ほどきを受けた少女。

おとし…………浅草《あさくさ》の有名な料理屋、藤乃家《ふじのや》に娘のおときと住み込みで働いている。

新悦《しんえつ》……………按摩を生業としている、盲目の棋士。

第一章　豆腐飯と湯奴《ゆやっこ》

一

江戸にまた正月が来た。

弘化《こうか》二年（一八四五）だ。

横山町《よこやまちょう》ののどか屋は、旅籠《はたご》付きの小料理屋としてつとに知られている。しかし、正月の三が日にかぎっては旅籠だけのあきないになる。

正月の旅籠は書き入れ時だ。初詣《はつもうで》のために江戸へ出てくる客があまたいるから、泊まり部屋はおおむね埋まる。

小料理屋は休みだが、厨《くりや》の火が落ちることはない。のどか屋の朝の名物は豆腐飯の膳だ。これを食さんがためにのどか屋に泊まる客もたくさんいる。

「久々にのどか屋の豆腐飯を食ったべや」

「江戸へ出てきた甲斐があったべ」

遠来の客が感慨深げに言う。

「こげなうめえもん、初めて食ったずら」

「そやな。これが江戸の味や」

さまざまな言葉が飛び交うのも正月ならではだ。

「おれらはしょっちゅう食ってるがよ」

「普請場は待ってくれねえから、正月からつとめだぜ」

そろいの綿入れの半纏《はんてん》の大工衆が言う。

「ご苦労さまでございます」

若おかみのおようが労をねぎらった。

「豆腐飯に雑煮《ぞうに》もつけたんで、たんと召し上がってくださいまし」

二代目の千吉《せんきち》が笑みを浮かべた。

「お雑煮はお代わりもできます」

その母で、のどか屋のおかみのおちよが言った。

「おう、そいつぁ豪儀《ごうぎ》だ」

「そりゃ食わなきゃな」

大工衆がすぐさま言った。

「ただし、お代わりは一回だけでお願いします。餅にかぎりがありますので」

あるじの時吉《ときよし》が指を一本立てた。

元は武家で、磯貝徳右衛門《いそがいとくえもん》と名乗り、大和梨川藩《やまとなしがわ》の禄《ろく》を食《は》んでいた。紆余曲折《うよきょくせつ》あって刀を捨て、包丁に持ち替えて料理人となって久しい。

縁あって結ばれたおちよと開いたのどか屋は、神田三河町《かんだみかわちょう》と岩本町《いわもとちょう》で二度にわたって焼け出されてしまったが、ここ横山町に移ってからは大過なく過ごしている。

二代目の千吉はもうひとかどの料理人だ。若おかみのおようとの仲はむつまじく、上の子の万吉《まんきち》は正月で歳を加えて五歳、下の子のおひなは三歳だ。いまはまだ母とともに寝ている。

「お代わりは一回だな」

「さっそく食うぜ」

大工衆の箸が動いた。

焼いた角餅にすまし汁。紅白の蒲鉾《かまぼこ》に茹でた小松菜《こまつな》、縁起物の慈姑《くわい》。それに、削り節。具だくさんの味わい深い雑煮だ。

「豆腐飯のお代わりはねえべ？」

田舎から出てきた客が問うた。

「相済みません。豆腐にかぎりがございますので」

すかさずおちよが答えた。

「豆腐飯は一膳で三度楽しめますから」

千吉が如才《じょさい》なく言った。

筋《すじ》のいい豆腐をじっくりと煮て、甘辛い江戸の味つけにする。毎日つぎ足しながら使っているのどか屋の「命のたれ」も入れているから、実に深い味わいだ。

これをほかほかの飯にのせたのが豆腐飯だ。

千吉が言ったとおり、のどか屋名物の豆腐飯は一膳で三度楽しめる。

まず豆腐だけ匙《さじ》ですくって食す。これだけでも存分にうまい。

続いて、わっと飯にまぜて口に運ぶ。これまた口福《こうふく》の味だ。

三度目は薬味を添えて食す。もみ海苔《のり》、刻《きざ》み葱《ねぎ》、おろし山葵《わさび》、炒り胡麻《ごま》など、とりどりの薬味をまぜて食すと、味が変わってまたうまい。

「わいらは三度目や」

「こら、うまい」

上方《かみがた》から来た客が笑顔で言う。

「たしかに、うまい。お代わりがなくてもええべ」

「んだ、んだ」

のどか屋のほうぼうで、匙が悦《よろこ》ばしく動いた。

「ありがたく存じました」

いち早く食べ終えた客に向かって、おちよが頭を下げた。

「お気をつけて」

初詣へ行くとおぼしい客に、時吉が声をかける。

正月ののどか屋は活気に満ちていた。

二

三が日が終わった四日から、のどか屋は旅籠付きの小料理屋に戻る。

中食《ちゆうじき》も再開だ。

こんな貼り紙が出た。

今年もよろしくお願ひします
けふの中食
寒ぶりのてりやき
おせち　おざうに
茶めし　香《こう》のもの
三十食かぎり　三十文《もん》

「おっ、またのどか屋の中食が始まるな」

なじみの左官衆の一人が言った。

「今年もいっぱい食うぜ」

「のどか屋なら間違いがねえから」

「ときどき二代目が欲張って手が遅れるけどよ」

「それもまた愛嬌《あいきょう》だ」

にぎやかに掛け合いながらのれんをくぐる。

「いらっしゃいまし」

おけいが声をかけた。

かなり前からのどか屋を手伝っている古参だ。

「空《あ》いているお席へどうぞ」

もう一人の手伝いのおちえが身ぶりをまじえる。

「おっ、看板娘が二人そろってるな」

客が勘定場に声をかけた。

このところよく来てくれるようになった職人だ。

「こちらは娘じゃないですけど」

若おかみのおようが笑って答えた。

「なに、元は看板娘だからよ」

客が白い歯を見せた。

もう一人の看板娘はおひなだ。明けて三つになったとはいえ、満《まん》ではまだ二歳にな
っていないから、その名のとおり、看板娘の雛《ひな》のようなものだ。

「やっぱり、寒鰤《かんぶり》の照り焼きはうめえな」

「脂《あぶら》が乗ってるからよ」

「焼き加減もちょうどいいや」

左官衆が口々に言う。

「雑煮とおせちもついているのがありがたい」

剣術指南の武家が言った。

「黒豆《くろまめ》、田作《たづく》り、数《かず》の子《こ》、蒲鉾、栗金団《きんとん》……品数も多いです」

その弟子が満足げにうなずく。

「茶飯も盛りがいいからよ」

「正月から腹いっぱいだ」

客の声がそこここで響いた。

のどか屋の中食は、幕開けから好評のうちに滞《とどこお》りなく売り切れた。

三

中食が終わると、短い中休みになる。

手伝いのおけいとおちえは、繁華な両国橋《りょうごくばし》の西詰へ赴き、旅籠の呼び込みをする。

一階に一つ、二階に五つ。のどか屋には合わせて六つの泊まり部屋がある。長逗留の客もいるが、入れ替わりも多い。空いた部屋になるたけ早く次の客を入れたいから、呼び込みは要り用だ。

首尾《しゅび》よく見つかった客は、おけいはのどか屋へ、おちえは巴屋《ともえや》へ案内する。元締めの信兵衛《しんべえ》はいくつも旅籠を持っているから、呼び込みを一緒にすれば好都合だ。

のどか屋にいちばん近い大松屋《おおまつや》は、跡取り息子の升造《ますぞう》がおおむね呼び込みに来る。千吉とは竹馬《ちくば》の友で、「升ちゃん」「千ちゃん」と呼び合う仲だ。

「お泊まりは、横山町ののどか屋へ」

「朝は名物豆腐飯」

おけいとおちえが声をかければ、升造も負けじと、

「お泊まりは、内湯がついた大松屋へ」

と、応じる。

大松屋は内湯が自慢で、湯だけ使うこともできる。

そんな調子で呼び込みが終わると、のどか屋では二幕目が始まる。

あわただしい中食と違って、一枚板の席と座敷でゆっくりと酒肴《しゅこう》を味わうことができる。

二幕目ののれんが出るなり、岩本町の二人の常連がやってきた。

「おっ、今年もよろしゅうに」

笑顔でそう言ったのは、湯屋のあるじの寅次《とらじ》だ。

「こちらこそ、よろしゅうに」

おちよが頭を下げた。

「おいらはもう品を入れてるからよ」

野菜の棒手振《ぼてふ》りの富八《とみはち》が笑みを浮かべた。

寅次とはいつも一緒に動いているから、岩本町の御神酒徳利《おみきどつくり》と呼ばれている。

「それにしても、冷えるな」

寅次がそう言って、一枚板の席に腰を下ろした。

「あったまるものをお出しいたしましょうか」

千吉が厨から水を向けた。

「いいな。何ができるんだい」

寅次が問う。

「湯奴《ゆやっこ》なら、わりかた早くお出しできます」

のどか屋の二代目が答えた。

「なら、くんな。熱燗《あつかん》も」

湯屋のあるじが身ぶりをまじえた。

「おいらも葱たっぷりで」

野菜の棒手振りも続く。

「承知で」

千吉がいい声を響かせた。

「おっ、人も猫も大きくなったな」

座敷のほうを見て、寅次が言った。

おひなが母のおように見守られながら、猫じゃらしを振っている。

「あっ、取られちゃった」

おようが言った。

白猫がひょいと猫じゃらしをつかんだところだ。

昨年生まれた新参《しんざん》のこゆきだ。

母猫は茶白の縞《しま》猫の二代目のどかだ。初代のどかと同じ色と柄《がら》で、これまでいくたびもお産をしてきた。

福禄寿にあやかったふくとろく、その弟のたび。

しかし、同じ二代目のどかの子でも、こゆきだけは違った。尻尾に白黒の縞がわずかに入っている白猫で、目が青い。

昨年の春に大往生を遂げたゆきは、のどか屋の看板猫として長く愛されてきた。銀と白と黒の縞模様が美しい、尻尾が立派な小太郎《こたろう》はゆきの子だ。

血はつながっていないが、ふしぎなことに、二代目のどかから生まれた子猫たちのうちの一匹は、亡くなったゆきにそっくりだった。

これはさだめし生まれ変わりに違いない。

のどか屋の面々はそう考え、こゆきと名づけて里子には出さずに残すことにした。

「元気ね、こゆきちゃん」

おようが笑顔で言った。

また猫じゃらしを振ってやる。

こゆきは瞳を輝かせて前足を動かした。

「もういっちょまえの猫だな」

寅次が言う。

「里子に出したきょうだいも達者だそうで」

おちよが伝えた。

生まれた子猫をすべて残していたら猫だらけになってしまうから、ほうぼうへ里子に出す。

のどか屋の猫は福猫だ。鼠をよく取るし、福も運んでくれる。

　そんな評判が立ったから、貰い手に困ることはあまりなかった。ありがたいことに、猫縁者もだんだんに増えてきた。

「そりゃ何よりだ」

　湯屋のあるじがそう答えたとき、湯奴と熱燗が来た。

「お待たせしました」

　千吉が土鍋と銚釐《ちろり》と猪口《ちょく》を置く。

「おお、来た来た」

「こりゃあったまりそうだ」

　岩本町の御神酒徳利が身を乗り出した。

　湯奴は豆腐と葱をだしで煮ただけの簡便な料理だが、寒い時分にはありがたい。味《み》噌《そ》だれにつけて食す湯豆腐もいいが、こちらを好む客も多かった。

　二人はさっそく匙を取った。

　よく煮えた湯奴を口に運ぶ。

「五臓六腑《ごぞうろっぷ》にしみわたるな」

　湯屋のあるじが満足げに言った。

「ああ、葱がうめえ」

野菜の棒手振りがそこをほめるのはお約束だ。

酒もつがれる。

「今年ものどか屋がありゃ万々歳だ」

寅次が白い歯を見せた。

「気張っていい品を入れるんで、うめえ料理をつくってくんな、二代目」

富八が千吉に言った。

「承知で」

のどか屋の二代目はいい声を響かせた。

四

翌日——。

二幕目の座敷に、よ組の火消し衆が陣取った。

「今年は出初《でぞ》めがなかったから、打ち上げもなくてよう」

かしらの竹一《たけいち》がややあいまいな顔つきで言った。

「急に決まったそうで、大変でしたね」

おちよが気の毒そうに言った。

「いきなり梯子《はしご》を外されちまったようなもんだ。洒落《しゃれ》にならねえぜ」

纏《まとい》持ちの梅次《うめじ》が嘆いた。

正月の出初式は梯子の芸が華だ。見物衆も多く出てにぎやかに行われる。

ところが……。

今年は直前になって「まかりならぬ」と待ったがかかってしまった。梅次が言ったとおり、まさに梯子を外されてしまったようなものだ。

華美なものを目の敵《かたき》にするのはお上《かみ》の習いのようなものだが、その矛先《ほこさき》が思いがけず火消し衆の出初式の梯子芸に向けられてしまった。そのせいで、みな不服そうな顔つきをしている。

「まあ、仕方ねえんで」

火消しの竜太《りゅうた》が言った。

「気を取り直していきましょうや」

その弟の卯之吉《うのきち》が和す。

のどか屋の手伝いをしていた双子の姉妹、江美《えみ》と戸美《とみ》をそれぞれ娶《めと》り、めでたいことに子もできた。のどか屋にとっては身内のようなものだ。

ここで料理が出た。

海老《えび》と甘藷《かんしょ》の天麩羅《てんぷら》の盛り合わせだ。

「お待たせいたしました」

千吉が大皿をていねいに下から出した。

料理の皿は下から出さねばならない。まかり間違っても、どうだ、食えとばかりに上から出してはならない。

祖父の長吉《ちょうきち》から時吉へ、そして時吉から千吉へ受け継がれてきた大切な教えだ。長吉屋とのどか屋の厨で料理を学ぶ者も、必ずこの教えをたたきこまれる。

「天つゆと大根《だいこん》おろしをどうぞ」

おようも盆を運んできた。

丼に盛られた大根おろしには匙が添えられている。好みで天つゆに入れれば、さっぱりして胃の腑《ふ》にもたれない。

「おお、来た来た」

「食って憂《う》さ晴らしだな」

よ組の火消し衆はさっそく箸を取った。

「酒も呑め」

かしらの竹一が言う。

「へい」

「承知で」

気を取り直した火消し衆のいい声が響いた。

五

翌日は親子がかりの日だった。

時吉と千吉、二人の料理人が厨で腕を振るえるから、いつもよりひと手間かけられる。

千吉は具だくさんの焼き飯を担い、時吉がほかの料理を受け持つことになった。

寒鰈《かんがれい》の煮つけに、もはや名物となったけんちん汁。こちらも具だくさんだ。

砂村《すなむら》の義助《ぎすけ》が丹精《たんせい》こめてつくった金時人参《きんときにんじん》がことにうまい。甘みが強いから、煮物でも椀物でもいい。かき揚げに入れても美味だ。

ほかに、里芋《さといも》、豆腐、葱、大根、蒟蒻《こんにゃく》など、これでもかと言わんばかりに具が入っている。胡麻油で炒めるから香りもいい。

「椀がずっしりと重いや」

「これだけでも膳の顔になるぜ」

なじみの植木の職人衆が言った。

「煮つけもうめえ」

「そりゃ、寒鰈だからよ」

こちらは近くの長屋に住む職人たちだ。

「いや、今日の主役は二代目だからよ」

「そうそう、鍋振りだけで銭が取れるぞ」

「飯粒もぱらぱらでうめえ」

こちらは河岸《かし》で働く男たちだ。

「ありがたく存じます」

千吉がそう言って、また小気味よく鍋を振った。

平たい鍋で焼き飯が躍《おど》る。

飯に溶き玉子をからめ、刻んだ葱や竹輪《ちくわ》や干物《ひもの》などの具を入れて火を通していく。

味つけは塩胡椒に醬油だ。醬油が焦げる香ばしい香りが食い気をそそる。

「おとう、しっかり」

見守っていた万吉が声をかけた。

「おう」

千吉は短く答え、またひとしきり焼き飯を躍らせた。

いち早く食べ終えた客は、勘定場に向かう。

「毎度ありがたく存じました」

おようが明るい声を響かせる。

そのひざの上に、おひながちょこんと乗っていた。

「おう、うまかったぜ、ちっちゃな看板娘」

「おとうの焼き飯はいちばんだ」

「江戸でも指折りの料理人だからな」

客が満足げに言った。

「りょうりにん、りょうりにん」

どこか得意げにおひながそう言ったから、のどか屋に和気が満ちた。

六

中食が滞りなく売り切れ、二幕目に入ると、また常連がのれんをくぐってきた。

「おう、今年もよしなにな」

いなせに右手を挙げたのは、黒四組《くろよんぐみ》のかしらの安東満三郎《あんどうみつさぶろう》だった。

「こちらこそ、よろしゅうに」

おちよが頭を下げる。

将軍の荷物や履物《はきもの》などを運ぶ役目の黒鍬《くろくわ》の者には三組まであることが知られている。しかし、正史には記されていないが、ひそかに四番目の組も設けられていた。それが約《つづ》めて黒四組だ。

黒四組には大事なつとめがある。日《ひ》の本《もと》を股にかけて暗躍する悪党どもを退治する影御用だ。実際の捕り物では、町方や火付盗賊改方《ひつけとうぞくあらためかた》、あるいは代官所などの力を借りるが、少数精鋭でこれまで多くの悪党どもをお縄にしてきた。

「今年もよしなに、平《へい》ちゃん」

千吉が厨から気安く声をかけた。

「うめえもんを食わせてくんな、二代目」

笑顔で答えて一枚板の席に腰を下ろしたのは、万年平之助《まんねんへいのすけ》同心だった。

黒四組は日の本じゅうを縄張りとしているが、万年同心は江戸だけだ。町方なのか何なのか、所属がはっきりしないから幽霊同心とも呼ばれている。

「承知で」

昔から仲のいい千吉が打てば響くように答えた。

「焼き飯に使うために竹輪を多めに仕入れたので、まずはそちらで」

時吉が言った。

「おう、おれは甘けりゃ何でもいいからよ」

黒四組のかしらが答えた。

この御仁《ごじん》、よほど変わった舌の持ち主で、とにかく甘いものに目がない。何にでも味醂《みりん》をどばどばかけて食べるのだから尋常ではない。甘いものさえあればいくらでも酒を呑めると豪語するのは、江戸広しといえども黒四組のかしらくらいだろう。

まず出たのは竹輪の照り焼きだった。仕上げに白胡麻を振ると、いい酒の肴になる。

あんみつ隠密の異名を取る安東満三郎の分には、さらに味醂を回しかける。流山《ながれやま》の秋元《あきもと》家が醸造した上物《じょうもの》だ。

「うん、甘《あめ》え」

黒四組のかしらの口から、お得意の台詞《せりふ》が飛び出した。

「平ちゃんにはこれを」

千吉が椀を出した。

「おっ、竹輪の吸い物かい」

万年同心が覗きこむ。

「小蕪《こかぶ》と合わせたんだ。竹輪からはいいだしが出るから」

千吉は笑みを浮かべた。

「一本揚げもお出しします」

時吉が厨から言った。

「穴子《あなご》じゃなくて、竹輪の一本揚げか」

と、同心。

「これもうまいですよ」

支度をしながら、時吉が答えた。

「なかなかいい味が出てるな」

竹輪と小蕪の吸い物を啜《すす》った万年同心が満足げに言った。

「ありがとう、平ちゃん」

千吉が白い歯を見せた。

「ところで、大和梨川藩からは何か言ってきてるか」

安東満三郎がおちよにたずねた。

「千吉が外《と》つ国《くに》の方《かた》に料理をつくることになるかもしれないっていうお話でしょうか」

おちよが答えた。

大和梨川藩主の筒堂《つつどう》出羽守《でわのかみ》良友《よしとも》は昨夏江戸に戻ってきたが、日の本を護る海防掛《かいぼうがかり》の補佐役という思わぬ御役がついた。向後《こうご》、外国船が来航し、もてなしを行わねばならないという段になったら、千吉が料理人として出向かねばならない。あれよあれよという間に、そういう話になってしまった。

「いや、それとはまたべつの話だ」

あんみつ隠密は渋く笑った。

「まだほかに何か御役が？」

千吉がややいぶかしげに問うた。

「そのうち分かるだろうよ」

黒四組のかしらが気を持たせるように言った。

ほどなく、竹輪の一本揚げができた。

舌が肥えた万年同心には天つゆ、あんみつ隠密には味醂が添えられる。

「穴子よりうめえとは言わねえが、これはこれで上出来だな」

万年同心が満足げに言った。

「次は穴子を出すよ、平ちゃん」

千吉が笑顔で答えた。

第二章　ほうとう鍋とおじや

一

大和梨川藩の面々がのどか屋へやってきたのは、三日後の二幕目だった。

「今日はおそろいで」

おちよが出迎えた。

「おう、今年も頼む」

着流しの武家がさっと右手を挙げた。

「こちらこそ、よろしゅうに、筒井《つつい》さま」

おちよが頭を下げた。

大和梨川藩主、筒堂出羽守は、忍びのときは筒井堂之進《どうのしん》と名乗る。

「おひなちゃん、お客さまがいらしたからね」

おようが座敷でお手玉をして遊んでいた娘に声をかけた。

「うん」

おひなが手を止める。

「すまぬな」

お忍びの藩主が白い歯を見せた。

ほどなく座敷が空いた。

藩主に続き、二人の勤番の武士も続く。二刀流の達人の稲岡一太郎《いなおかいちたろう》と、将棋の名手の兵頭三之助《ひょうどうさんのすけ》だ。

「では、われらも」

背筋の伸びた剣士が座敷に上がった。

「この座敷なら、ちょうどええな」

分厚い眼鏡をかけた棋士《きし》がいささか謎めいたことを口走った。

一枚板の席には、元締めの信兵衛と力屋《ちからや》のあるじの信五郎《しんごろう》が陣取っていた。馬喰町《ばくろちょう》の力屋は、食えば力が出ると評判の飯屋で、のどか屋の猫縁者でもある。

「ちょうど家主もいるな。話を進めるにはちょうどいい」

のどか屋では筒井堂之進と名乗る男が、信兵衛を見て言った。

「何かあるのでしょうか」

旅籠の見廻りを終え、寒鰤の照り焼きを肴に呑みはじめていた元締めが問うた。

「まあ、そのあたりは追い追いだ」

筒堂出羽守はそう答え、厨のほうを見た。

千吉に問う。

「何かあたたまるものはできるか」

「いくらか時はかかりますが、ほうとう鍋でしたらお出しできますが」

のどか屋の二代目が伝えた。

「おう、いいな。それまでにつなぎの肴をくれ」

国元では馬を駆って領民たちと交流していた快男児が張りのある声で答えた。

「承知しました。ほうとうは味噌味と醬油味がございますが」

と、千吉。

「甲州《こうしゅう》と武州《ぶしゅう》だな？」

お忍びの藩主がにやりと笑って配下の者たちを見た。

「殿にお任せします」

「われらはどちらでも」

二人の勤番の武士が言った。

「ならば、味噌のほうで」

筒堂出羽守が言った。

「承知しました」

千吉はすぐさま答えた。

二

ほうとう鍋が煮えるまでに、大和梨川藩の主従は寒鰤の照り焼きを肴に呑みはじめた。

「大役だが、気張ってやれ」

藩主が兵頭三之助に言った。

「はい。いまから心の臓が痛む思いをしてますわ」

将棋の名手がややあいまいな顔つきで答えた。

「何か大事な御役が？」

おちよが問うた。

「将棋の名手に白羽《しらは》の矢が立ってな。いや、推薦したのはかく申すおれだが」

筒堂出羽守がおのれの胸を指さした。

「白羽の矢でございますか」

おちよはまだ呑みこめない様子だ。

「御城将棋にでも上がられるんでしょうか」

元締めが一枚板の席から訊いた。

「いい読みだな」

快男児はそう言うと、猪口の酒をくいと呑み干した。

「上様の御前で将棋を指されるわけですか」

おちよが驚いたように言った。

「いやいや、いくたりかで戦って勝ち上がった者が将棋家の代表と戦い、もしそこでも勝てればことによると御城将棋にっちゅう話で、相撲にたとえればいちばん下のほうに番付が載っただけですねん」

兵頭三之助があわてて言った。

「予選に出るのは四人という話で」

稲岡一太郎が言った。

「そうすると……二回勝てば将棋家の人と戦えるわけですね」

おようが指を折ってから言った。

「そうなる」

藩主が小気味よく答えて猪口の酒を呑み干した。

ここでほうとう鍋が来た。

「お待たせいたしました」

「甲州仕立てのほうとう鍋でございます」

おようが鍋敷きを置き、千吉が大きな土鍋を載せる。

「あとでおじやに仕立て直しますので」

取り皿を据えながら、おようが言った。

「おう、さっそく食おう」

快男児が白い歯を見せた。

三

人参、大根、里芋、蒟蒻、油揚げ、葱、豆腐、それに、味噌仕立てのほうとうには南瓜《かぼちゃ》も入る。具だくさんの鍋にほうとうから出るとろみと味噌が響き合って、えも言われぬうまさだ。

「いい香りですな」

力屋のあるじが手であおいだ。

「人が食ってるところを見ると、おのれも食いたくなるね」

元締めが少し声を落として言った。

「たしかに」

馬喰町の飯屋のあるじがうなずく。

「では、一人前ずつおつくりいたしましょうか」

それと察して、千吉が訊いた。

「ああ、頼むよ」

「匂いだけじゃ殺生《せっしょう》だから」

一枚板の席の二人の客が答えた。

座敷の客の箸は気持ちよく動いていた。

「やはり冬場はこれだな」

お忍びの藩主が満足げに言った。

「五臓六腑にしみわたります」

稲岡一太郎が笑みを浮かべる。

「南瓜が甘《あも》うてうまいですわ」

兵頭三之助が和した。

「勝負はまだ先だろうが、たんと食って精をつけておけ」

筒堂出羽守が言った。

「はい」

将棋の名手がうなずく。

「将棋も食べたほうが力が出るのでしょうか」

おようがたずねた。

「そら、きつい勝負やと汗もかくし、腹も減るんで」

兵頭三之助が答えた。

「身の養いばかりでなく、頭の養いにもなるわけですね」

おようがうなずいた。

「それゆえ、白羽の矢を立てたわけだ」

藩主は弓を射るしぐさをした。

「白羽の矢でございますか」

おちよがいぶかしげに問うた。

「落ち着いて将棋を指せる座敷があって、対局者に料理をふるまえる見世が、対局の場にふさわしかろうと思ってな」

筒堂出羽守は謎をかけるような笑みを浮かべた。

「す、すると……」

おちよはおようのほうを見た。

「うちがその対局の場に？」

若おかみの顔に驚きの色が浮かんだ。

「のどか屋の引札《ひきふだ》にもなるであろう。ぜひ頼む」

藩主が厨に向かって言った。

「え、ええ、もちろんそれは」

千吉がやや動揺した声で答えた。

「あるじにもいずれ伝える。世話役は、黒四組の万年に頼んでおいた」

大和梨川藩主が小気味よく言った。

「平ちゃんが世話役で？」

千吉が問う。

「そうだ。二代目とは仲が良いゆえ、滞りなく段取りを整えられるであろう」

藩主は笑みを浮かべると、ほうとうをまた口に運んだ。

四

具があらかたなくなったところで、ほうとう鍋をおじやに仕立て直すことになった。

厨に戻し、だしと飯と溶き玉子を加えてひとしきり煮る。これがまた、こたえられないうまさだ。

「二度目のつとめだな。深い味が出ている」

筒堂出羽守が満足げに言った。

「味噌と玉子が響き合って、何とも言えまへんわ」

将棋の名手が笑みを浮かべた。

「いくらでも胃の腑に入ります」

二刀流の達人が白い歯を見せる。

一枚板の席の客にもおじやが出た。こちらは小ぶりの土鍋だ。

「その席には帳面係と時読み係が座ることになろう」

筒堂出羽守が手で示した。

「帳面係と時読み係でございますか」

と、おちよ。

「将棋の指し手を帳面に記す役と、持ち時がなくなったら、一から十まで時を読む役ですな」

兵頭三之助が解説した。

「帳面は一枚板の上に置くゆえ、振り向いて記さねばならぬが、さほどの手間ではあるまい」

お忍びの藩主が言った。

「持ち時はどうやって見るのでしょう」

おようがたずねた。

「大ぶりの砂時計がわが藩邸にある。剣術の稽古などで使うものだ。砂が尽きたら時読みに移ることになる」

筒堂出羽守が答えた。

「時読みはどのように？」

今度はおちよが問うた。

「一から十まで数えていく。速からず遅からずの呼吸《いき》が大事ゆえ、稽古が要り用だな」

大和梨川藩主はそう言うと、おじやを胃の腑に落とした。

「一から十まで数えるあいだに指さなあかんのやから、こら難儀ですわ」

兵頭三之助が額に指をやった。

「持ち時はどれくらいで？」

元締めがたずねた。

「大ぶりの砂時計でゆっくり落ちていくが、半刻《はんとき》（約一時間）くらいはかかる。天地を返せば倍の一刻（約二時間）、もう一度返せば一刻半（約三時間）になる。それぞれ一刻半の持ち時がいいところだろう」

筒堂出羽守が答えた。

「砂をずっと落としているわけにはいかないかと」

　おようが小首をかしげた。

「着手すると、砂時計に仕切り板を入れて砂が落ちるのを止められるようになっている。案ずるな」

　快男児は白い歯を見せた。

「なるほど。いずれにしても、あまり長思案《ながじあん》を繰り返していると時読みになってしまうわけですね」

　と、およう。

「そやけど、焦って悪手《あくしゆ》を指してしもたら元も子もないんで、そのあたりが難しいところですな」

　将棋の名手はそう言うと、眼鏡の位置を指で直した。

　ここで表で足音が響いた。

「おっ、来たか」

　お忍びの藩主が箸を置いた。

「あっ、平ちゃん」

　千吉が声をあげた。

あわただしくのれんをくぐってきたのは、万年平之助同心だった。

五

「遅くなりました」

万年同心が息を弾ませながら言った。

「おう。黒四組のつとめもあるところ、さらに難儀をかけてすまぬな」

筒堂出羽守が労をねぎらった。

「いや、難儀と言うより楽しみで」

万年同心は笑みを浮かべた。

「そうか。相談があるゆえ、まあ上がってくれ」

藩主は座敷を手で示した。

「承知しました」

万年同心は一礼してから座敷に上がった。

「一人分のほうとう鍋、まだできるよ、平ちゃん」

千吉が声をかけた。

「そうかい。なら、もらうぜ」

万年同心は右手を挙げた。

「で、場所は決まったが、人知れず対局を行《おこな》っても世に知られぬからな」

おじやを食べ終えた藩主が言った。

「そのあたりは根回し済みで」

万年同心はにやりと笑った。

「どういう根回しでしょう」

稲岡一太郎が訊く。

「のどか屋の常連でもある狂歌師の目出鯛三《めでたいぞう》先生に一枚かんでもらって、まずはかわら版で江戸の衆に知らせるつもりで」

このたびの世話役をつとめる万年同心が答えた。

「まあ、それなら安心で」

おちよが笑みを浮かべた。

「盛大にあおってくれるであろう」

藩主がそう言って、猪口の酒を呑み干した。

「ところで、もうひと組の対局はどこでやるの？　平ちゃん」

千吉が手を動かしながらたずねた。

「二代目が料理の腕くらべで競ったところにするつもりだ」

万年同心が答えた。

「ああ、芝神明《しばしんめい》の旬屋《しゅんや》だね」

元締めが言った。

「料理の腕くらべはかわら版で評判になったんで」

力屋のあるじが言う。

昨年は江戸で久々に料理の腕くらべが行われた。腕を競ったのは、のどか屋の二代目の千吉と、芝神明の名店、旬屋のあるじの幾松《いくまつ》だった。

父の時吉に続いて腕くらべに出た千吉は健闘したが、手だれの料理人の幾松には及ばなかった。その後、千吉は短いあいだだが旬屋に赴いて教えを乞うた。そんな経緯《いきさつ》がある。

「わたしの相手のほうはどうですやろ」

兵頭三之助がたずねた。

「いま絞っているところで。もうひと組の将棋指しのほうも」

世話役をつとめる万年同心が答えた。

「そうですか。わたしで相手になるやろか」

分厚い眼鏡をかけた男が不安げに言った。

「だれが相手でもかかってこいという心持ちで臨め、兵頭」

藩主がすかさず言った。

「はっ」

将棋の名手が頭を下げた。

「ところで、うちでの対局はいつになるのでしょう」

おようがたずねた。

「二月の朔日《ついたち》が初めの競い。翌月の朔日が終《しま》いの競いという段取りで」

万年同心が答えた。

「その先の、将棋家との競いと御城将棋に関しては、まだ何も決まっておらぬ」

筒堂出羽守が言った。

「将棋家は受けてくださるでしょうかねえ」

兵頭三之助が首をかしげた。

「それは、勝ち上がってから思案すれば」

稲岡一太郎が笑った。

「それもそやな」

兵頭三之助は笑みを返した。

「対戦する相手が分からぬのは不安かもしれぬが、備えはいくらでもできるであろう。励め」

藩主が言った。

「はっ。詰め将棋を解いたり、棋書《きしょ》を繙《ひもと》いたり、やることはなんぼでもありますんで」

兵頭三之助が答えた。

ここで万年同心のほうとう鍋ができた。

「お待ちで、平ちゃん」

千吉が一枚板の席に出す。

「おお、来たな」

万年同心が受け取る。

「食べ終わったらおじやにするから」

と、千吉。

「急《せ》かすなよ、千坊」

万年同心はそう言って箸を取った。

「将棋の話に戻りますけど」

おようがそう前置きしてから続けた。

「うちで中食をお出しするわけですね？　同じものでよろしいのでしょうか」

のどか屋の若おかみが問うた。

「対局者の好みや、その日の気分もあるゆえ、二つ段取りを調《ととの》えてどちらか選ぶようにしたらどうだ。そのほうがここの引札にもなるであろう」

筒堂出羽守が案を出した。

「そうしますすと、対局はいつごろからの始まりで？」

今度はおちよが問うた。

「持ち時は一刻半（約三時間）がよかろうという話はしておいた」

藩主が世話役を見た。

「それなら、四つどき（午前十時ごろ）がよかろうかと」

万年同心が箸を止めて答えた。

「そうだな。双方がおおよそ半刻（約一時間）ずつ使ったところで中食になる」

藩主がうなずいた。

「中食のお休みのときは砂時計を止めるわけですね」

千吉が言った。

「そうだな。双方の砂時計に仕切り板が入る」

万年同心はそう答えると、ほうとうをわっと胃の腑に落とした。

「それなら、食べながら思案を続けることもできよう」

筒堂出羽守が言った。

中食に関しては、これでおおよそ話がまとまった。

「八つどき（午後二時ごろ）には何か甘いものも欲しいですな。甘いものを食べると頭が回るようになるさかいに」

兵頭三之助が頭を指さした。

「それなら、餡巻《あんま》きでも汁粉《しるこ》でもお出しできますよ。わらべ向きによくつくってますので」

千吉が笑顔で答えた。

「ああ、そらありがたい」

将棋の名手が笑みを返した。

「それも二種こしらえ、どちらか選べるようにすればよかろう」

藩主が言った。

「あらかじめ紙に記しておくのはいかがでしょう」

おちよが案を出した。

「おう、それはよいな。おかみの達筆でしたためてくれ」

快男児がすぐさま答えた。

「承知しました」

のどか屋のおかみのほおにえくぼが浮かんだ。

ここで万年同心がほうとうを食べ終えた。

「おじやにするよ、平ちゃん」

千吉がさっそく厨から出て言った。

「おう、頼む」

将棋の世話役が土鍋を渡した。

「で、終わるのはいつごろになりましょうか。暗くなるようでしたら行灯《あんどん》に火を入れなければ」

およう が言った。

「双方の持ち時が切れて時読みになり、それがいつ果てるともなく続くことも思案に入れておかねばな」

筒堂出羽守がそう言って、稲岡一太郎がついだ酒を呑み干した。

「そら、えらいこっちゃ」

兵頭三之助がこめかみに指をやった。

「あの、厠《かわや》はどうするんでしょう」

おちよがおずおずとたずねた。

「わたしも気になっていたんだよ」

元締めも言う。

「ずっと我慢じゃ殺生ですな」

力屋のあるじがあいまいな顔つきになった。

「それは致し方あるまい。そのときだけ時読みを止めるようにせねばな。時読み係と帳面係の厠もそうだ」

藩主が答えた。

「それを聞いてほっとしました」

おちよは胸に手をやった。

ほどなく、おじやができあがった。

「はい、お待ちで」

千吉がおじやを運んできた。

「おっ、ありがとよ」

万年同心が受け取る。

まだ湯気を立てているおじやを、黒四組の幽霊同心は匙ですくった。

ふうふう、と息を吹きかけてから口中《こうちゅう》に投じる。

「どう？　平ちゃん」

千吉が問うた。

万年同心はゆっくりと胃の腑に落としてから答えた。

「うまい、のひと言だな」

張りのある声で言う。

それを聞いて、千吉は会心の笑みを浮かべた。

第三章　続《ぞく》料理《りょうり》春秋《しゅんじゅう》

一

「そうか。腕くらべの続きみたいなものか」

長吉屋の厨で、あるじの長吉が言った。

隠居所でのんびりしていることも多いが、今日は見世に顔を出して床几《しょうぎ》に座り、時吉と若い弟子の仕事ぶりを見ている。

「いや、うちと旬屋さんは将棋の対局場所に選ばれただけなので」

海老天を揚げながら、時吉が答えた。

「それでも、中食などは出すんだろう?」

長吉が問うた。

「ええ。二種の膳立てをして、どちらか選んでいただくという段取りで」

時吉は答えた。

「腹ごしらえをしないと、力が出ないからね」

一枚板の席に陣取った客が言った。

薬研堀《やげんぼり》の銘茶問屋、井筒屋《いづつや》のあるじの善兵衛《ぜんべえ》だ。これまでにいくたりもの恵まれないわらべたちの養父になってきた有徳《うとく》の人だ。そのなかには、のどか屋にゆかりの江美と戸美の姉妹も含まれている。

「勝負めし、だね」

もう一人の客が笑みを浮かべた。

鶴屋与兵衛《つるやよへえ》だ。

上野黒門町《うえのくろもんちょう》の薬種問屋の隠居で、近くの紅葉屋《もみじや》を隠居所代わりとし、女あるじのお登勢《とせ》の後ろ盾にもなっている。お登勢はかつて時吉と料理の腕くらべを戦った凄腕の女料理人だ。その縁もあって、千吉が「十五の花板《はないた》」として修業をしたこともある。

「なるほど、勝負めしとはいい響きですね」

時吉はそう言うと、菜箸《さいばし》を巧みに用い、海老天に花をつけはじめた。

いくらか離れたところから、若い料理人がじっと見守る。

武州鴻巣《こうのす》から修業に来た安吉《やすきち》だ。

「よし、おまえもやってみろ」

見事な海老天を仕上げてから、時吉は安吉に言った。

「わ、わたしですか」

安吉は少しうろたえた顔つきになった。

「落ち着いてやれ」

長吉がにらみを利かす。

「へ、へい」

安吉はうなずいた。

「しくじっても怒る客じゃないからね」

井筒屋善兵衛が温顔で言う。

「力を抜いてやりなさい」

鶴屋与兵衛も和した。

「承知で」

肚《はら》をくくったように答えると、安吉は手を動かしだした。

しかし……。

時吉に比べると、手つきにいまひとつ思い切りがなかった。

さらに、上から薄い衣をかけて花を寄せていくところで鍋の油の音が高くなり、腰が引けて手が遅れた。

「花を寄せろ」

時吉が言う。

「火が通ってねえとこはしっかり返せ」

長吉も立ち上がって言った。

「へ、へい」

安吉はあわてて海老天を裏返した。

この手際が悪かった。

海老天のきれいに散らされるはずの花は、どうにも不格好なものになってしまった。

引き上げたものの、時吉の海老天とは雲泥《うんでい》の差だ。

「しくじりで」

安吉は何とも言えない顔つきになった。

「ちょっと焦ったな」

時吉が言った。

「次は気張れ」

長吉も声をかける。

「へい」

安吉は力なくうなずいた。

「なら、わたしがもらおう。味に変わりはないからね」

井筒屋のあるじが言った。

「相済みません」

安吉が頭を下げた。

「わたしに将棋の手ほどきをしてくれた師匠がつねづねこう言っていた。『負けても次に勝てばよい』と」

鶴屋の隠居が言った。

「負けても次に勝てばよい……」

若い料理人は感慨深げに繰り返した。

「次は勝て」

長吉が言った。

「へいっ」

安吉は引き締まった顔つきで答えた。

二
「ああ、腰が軽くなったね」

のどか屋の座敷で、隠居の大橋季川《おおはしきせん》が言った。

元は諸国を巡った俳諧師で、のどか屋の常連中の常連だ。髷《まげ》は白くなって久しいけれども、血色は良くまだまだ達者だ。

ただし、腰は療治を続けなければならない。幸い、良庵《りょうあん》という腕のいい按摩《あんま》が遠からぬところにいるので、決まった日にのどか屋の座敷で療治を受けている。近くの大松屋で内湯に浸かり、のどか屋で療治を受けてから一献《いっこん》傾け、一階の部屋に泊まって朝の豆腐飯を食してから帰るのがいつもの流れだ。

「ありがたく存じます」

良庵のつれあいのおかねが笑みを浮かべた。

「まだまだお達者で」

按摩が言う。

「良庵さんのおかげだよ」

隠居の白い眉がやんわりと下がった。

ここで表で人の気配がした。

「出来たてを持ってまいりましたよ」

声も響く。

「あっ、あの声は」

おちよが言った。

「おめでたい先生だね」

千吉も気づいた。

ほどなく、赤い鯛を散らした派手な着物をまとった男が姿を現わした。

狂歌師の目出鯛三だ。

狂歌ばかりでなく、かわら版や引札などの文案づくり、果ては戯作《げさく》や書物の執筆まで、多方面で活躍している才人だ。

「出来たてでございます」

おどけたしぐさで、提《さ》げていた包みをかざす。

「それは、ひょっとして……」

厨から出てきた千吉が瞳を輝かせた。

「ようやく刷り上がりました」

目出鯛三と一緒に入ってきた男が笑みを浮かべた。

小伝馬町《こでんまちょう》の書肆《しょし》、灯屋《あかりや》のあるじの幸右衛門《こうえもん》だ。

「例のものができたんだね」

療治を終えて身を起こした季川が言った。

「はい。お披露目とまいりましょう」

目出鯛三は芝居がかったしぐさで包みを解いた。

中から現れたのは、一冊の書物だった。

その表紙には、こう記されていた。

続 料理春 秋《ぞくりょうりしゅんじゅう》

三

「打ち上げの宴《うたげ》は千部振舞のときでまいりましょう」

目出鯛三が、ぱんと一つ手を打ち合わせた。

「今日は軽めの打ち上げということで」

灯屋の幸右衛門が和す。

「絵師もついてきました」

もう一人入ってきた総髪の男が言った。

絵師の吉市《よしいち》だ。前著の『料理春秋』から挿絵を担っている。

「では、昆布締めの鯛はあるので、そのあたりで」

千吉がそう言って厨に戻った。

「今日は一部だけでしょうか」

帰り仕度を終えた按摩が問うた。

「ええ。見本をお届けにきただけで」

幸右衛門がややすまなそうに答えた。

「『料理春秋』はわたしがみな読んであげたんですよ」

おかねが笑みを浮かべた。

「おいしそうな料理がいろいろ浮かんで、おなかがすきましたよ」

良庵も笑う。

「改めてこちらに入れさせていただきますので、一部お求めいただければと」

書肆のあるじが如才なく言った。

「それは楽しみです」

按摩が答えた。

ほどなく、良庵とおかねがのどか屋を去り、隠居が一枚板の席に移って『続料理春秋』の面々が座敷に陣取った。

「締めは鯛茶《たいちゃ》にしますので。まずは湯奴であたたまっていただきます」

千吉が厨から言った。

「御酒《ごしゅ》はいま運びます」

おちよも言う。

ここでおようとともに二人の子が出てきた。

「おとうのご本ができたよ」

おちよが万吉に言った。

「ほんと？」

万吉の声が弾む。

「おとうは元の紙を書いただけで、目出鯛三先生が仕上げてくださったんだから」

厨で手を動かしながら、千吉が言った。

「いやいや、料理のつくり方をたくさんしたためた元の紙があったればこそで」

目出鯛三が千吉を立てた。

「せっかくの打ち上げですから、『続料理春秋』に載っている料理も一つ頂戴したいと」

灯屋のあるじが言った。

「そりゃあいいね」

一枚板の席に座った隠居がすぐさま言った。

「承知しました。湯奴のあとにお出しします」

千吉は明るい声で言った。

万吉とおひなが猫じゃらしを振りだした。いちばん新参のこゆきを含む猫たちが我先にと飛びつく。

「あっ、取られちゃった」

「もう一回」

わらべたちがはしゃぐ。

おのずと和気が漂った。

そうこうしているうちに、湯奴ができた。

座敷と一枚板の席に運ばれる。

和気の次は湯気だ。

「あたたまりますな」

さっそく舌鼓《したつづみ》を打った目出鯛三が言った。

「皮切りはこれがちょうどよろしいです」

幸右衛門が笑みを浮かべた。

「これに載っている料理は何を？」

吉市が表紙を指さしてたずねた。

『続料理春秋』と記された看板を、帯に包丁を差したいなせな料理人が笑顔でかざしている。もちろん、吉市が描いた絵だ。

「寒鰤《かんぶり》の照り焼きをお出しします。下ごしらえはしてありますので」

千吉が張りのある声で答えた。

「『焼く』の部の看板料理ですな」

執筆に当たった目出鯛三が言った。

煮る、焼く、揚げる、蒸す。

千吉がたくさんつくった元の紙を並べ直し、調理法に従ってまとめて目出鯛三が手を入れながら執筆したのが『続料理春秋』だ。

「ちょっと見せておくれでないか」

隠居が言った。

「はい、ただいま」

吉市がすぐさま動いた。

隠居の手に書物が渡った。

「よろしければ、読んでいただければ、ご隠居」

目出鯛三が水を向けた。

「はは、料理ができるまでのつなぎだね」

隠居は答えた。

「場所をお教えします」

目出鯛三が座敷から下り、季川に「ぶりのてりやき」が記されているところを示した。

かくして、段取りが整った。

四

「一杯呑んでから」

隠居はそう言うと、猪口の酒をくいと呑み干した。

「疲れたら替わっておくれ、おちよさん」

銚釐を手にしたおちよに言う。

「承知しました」

おちよはそう言って次の酒をついだ。

「では」

のどの調子を整えると、季川は『続料理春秋』の一節を読みはじめた。

ぶりのてりやき

冬場の寒ぶりは、ことに美味なり。

ぶりの切り身に塩をふり、四半刻《しはんとき》（約三十分）ほどおくべし。これにて味がしみやすくなるなり。

塩を洗ひ流し、水気を拭き取りて、皮目に包丁にて切り込みを細かく入れるべし。これまた味をしみやすくする大事な手立てなり。

さて、ここからが肝要なり。

風味ゆたかなたれをつくり、ぶりの切り身を四半刻たらずつけておくなり。これにて身のなかにまで味がしみわたるなり。

たれは、酒二、みりん五、しやう油四の割りなり。

これにたひなどの白身魚の骨をくわへ、あくを取りながら煮つめ、こしてからさませばたれのできあがりなり。

これを酒でのばし、切り身をつけるなり。


「手間暇がかかるものだねえ」

季川が読みを止めて言った。

「うちでは砂糖も入れるんですが、味醂だけでも甘みは出るので」

千吉が厨から言った。

「いよいよ焼きですな」

目出鯛三が言った。

「なら、ここからはおちよさんに」

季川が書物を渡した。

「承知しました」

『続料理春秋』を受け取ると、おちよは続きを読みはじめた。

たれを拭き取り、平串を打つなり。いくらか波立たせるやうに打つのがこつなり。盛り付けるときに表になるはうから焼くのが肝要なり。

焼き色がつきて、六分ほど火が通れば、串を回して裏も焼くなり。

てりよく焼きあがれば、いよいよ仕上げなり。

さっとたれをかけ、串の先のたれを拭き取り、串を抜きて盛り付ければ、冬場の口《こう》福《ふく》のひと品のできあがりなり。

「つばが出てきましたな」

灯屋のあるじが言った。

「わたしもです」

吉市も言う。

「いい香りがしてきましたよ」

目出鯛三が厨のほうを手で示した。

「まもなく焼きあがりますので」

千吉が言った。

「冬場の口福のひと品のお出ましだね」

隠居が笑みを浮かべた。

ややあって、寒鰤の照り焼きができあがった。

おちよとおようが手分けして運ぶ。

酒も追加になった。

「では、出来たてを頂戴しましょう」

目出鯛三の箸が動いた。

「書物も料理も出来たてだね」

隠居もそう言って寒鰤の照り焼きに箸を伸ばした。

書肆のあるじと絵師も続く。

「うん。味がしみていてうまい」

目出鯛三が満足げに言った。

「『続料理春秋』を読んで、これをつくってくださる方が増えたら重畳《ちょうじょう》ですね」

幸右衛門が笑みを浮かべる。

「まさに、口福の味だね」

隠居が笑顔で言った。

「下ごしらえの時があったら、ほかにもいくらでもお出しできたんですが」

千吉が少し残念そうに言った。

「だったら、つくるかわりにこれはという料理のところを読んでみたら？」

おちよが水を向けた。

「ああ、それはいいですね。元の紙のつくり手が読みあげるのは打ち上げにふさわしいです」

目出鯛三が言う。

「なるほど、では……」

千吉は『続料理春秋』を手に取って開いた。

「いまの時季にふさわしいお料理がいいわね」

と、おちよ。

「だったら、『蒸す』のところから」

千吉はある場所を開いた。

それは、牡蠣《かき》の木枯《こがら》し蒸しだった。

五

かきのこがらしむし

かきを大根おろしにて洗ひ、からやよごれを取りのぞくなり。

下ごしらへが終はれば、せいろにかきを入れ、身がぷりぷりするまでむすべし。

頃合ひになりしかきは、いつたん取りだしておくなり。

たまごの白身に塩を少し加へ、きざんだねぎとしひたけを合はせておくなり。

これをかきにのせ、さっとむすべし。

むし終はれば、あんをはるなり。

あんは、だしにうす口しやう油、みりん、水ときの片栗粉にて。

仕上げにおろしわさびをのせれば、料理の妙《たへ》なる冬景色、かきのこがらしむしのできあがりなり。

千吉は読み終えた。

「『料理の妙なる冬景色』というところはわたしの筆で」

目出鯛三が得意げに言った。

「仕上げのおろし山葵みたいなものですね」

千吉が白い歯を見せた。

「きゅっと締まりますね」

おちよがうなずく。

「それも食べてみたかったです」

吉市が言った。

「まあ、これが充分おいしいので」

灯屋のあるじがそう言って、寒鰤の照り焼きをまた胃の腑に落とした。

「ところで、うちには何部ほど入れていただけるのでしょう」

おちよがたずねた。

「のどか屋さんは、ご常連さんが買ってくださるでしょうからね」

幸右衛門が答えた。

「もちろん、わたしも買わせてもらうよ」

隠居が右手を挙げる。

「だったら、五十部くらいかしら」

おちよが首をかしげた。

「いくたびも運んでいただくのは大変なので、百でもいいかと」

おようが言った。

「二階の部屋に置いておけばいいからね」

千吉も乗り気で言う。

「では、百でまいりましょう」

灯屋のあるじが両手をぱんと打ち合わせた。

「引札の刷り物をつくりますし、かわら版にも載せますから、百くらいはすぐ出るでしょう」

目出鯛三が言った。

「なら、勘定場に置いて、気張って売ります」

おようが笑みを浮かべた。

「貼り紙も出さないと」

と、おちよ。

「垂れ幕もあったほうがいいですな」

目出鯛三が身ぶりをまじえた。

そんな調子で、『続料理春秋』を売り出す案が次々に出た。

千吉は厨に戻り、鯛茶の支度を始めた。

すでに昆布締めにしてあるから、さほど手間はかからない。いくらか経つと、頭数分の鯛茶ができあがった。

「お待たせいたしました」

「鯛茶でございます」

千吉とおようが運ぶ。

「おお、来ましたな」

目出鯛三が受け取る。

「さっそくいただきましょう」

と、幸右衛門。

「締めにふさわしいひと品で」

吉市も手を伸ばした。

その後は将棋の対局の話題になった。のどか屋が予選の対局場になり、勝負めしを供するという例の話だ。

「近々、かわら版が出ますよ。世話役の万年様からくわしくうかがったので」

目出鯛三がそう言って、鯛茶を胃の腑に落とした。

「さすがは平ちゃん」

千吉が笑顔で言った。

「おいしかったよ。『木枯しのときは鯛茶のあたたかさ』だね」

鯛茶を平らげた季川が即興で一句詠んだ。

「では、おかみさん、付け句を」

若おかみが少しおどけて言う。

「えー、どうしましょう」

おちよはしばし思案してから、こんな付け句を発した。

春夏秋冬　料理の恵み

見本ができたばかりの『続料理春秋』にもかけた句だ。

「決まったね」

隠居の白い眉がやんわりと下がった。

第四章　寒鰤の照り焼き

一

続料理春秋　売出中

そう大書された垂れ幕がのどか屋の前に出た。
貼り紙もある。
こう記されていた。

のどか屋二代目千吉が料理のつくり方をしたため、目出鯛三先生が執筆されし、
『続料理春秋』（書肆灯屋幸右衛門）

つひに出来、三百文にて売出中
この一冊にて料理上手に
一家に一冊、『続料理春秋』
（前著『料理春秋』もあります）

「おっ、続篇が出たんだ」

中食に来たそろいの綿入れの半纏をまとった大工衆の一人が指さした。

「三百文だと買えねえけどよ」

「そりゃ、中食の十日分だから」

「字はいくら読んでも腹の足しにゃならねえや」

大工衆はそう言ってのれんをくぐっていった。

三百文といえば、いまの物価なら約五千円になる。当時の単行本はそれくらいの値《あたい》がした。そうおいそれと購《あがな》えるものではない。

ゆえに、貸本で読んだり、いくたりかで銭を持ち寄って買って回し読みにしたりすることが多かった。千部も出れば万々歳で、千部振舞の宴が催されるのもむべなるかなだ。

「いらっしゃいまし」

勘定場からおようが声をかけた。

ひざにはおひながちょこんと乗っている。その近くに、昨日灯屋から運ばれてきた『続料理春秋』が積まれていた。

「おう、それかい」

棟梁《とうりょう》が指さした。

「はい、今日から売り出しで」

おようが笑顔で答えた。

「今日の中食の顔の『寒鰤の照り焼き』も載っていますよ」

おちよが如才なく言った。

「買ってくだせえよ、棟梁」

「おいらのかかあは喜んで読むと思うんで」

「うちもそうで」

大工衆が口々に言う。

「そうかい。なら、普請場を気張ってくれてるし、帰りに一冊買ってやろう」

棟梁が気前よく言った。

「おう、そりゃありがてえ」

「かかあが喜びまさ」

「うめえもんをこしらえてもらわねえと」

大工衆の顔がほころんだ。

こうして、まず皮切りの一冊が売れた。

二

寒鰤の照り焼きに、具だくさんのけんちん汁に小鉢。のどか屋の中食は今日も滞りなく売り切れた。

短い中休みを経て二幕目に入ると、岩本町の御神酒徳利がやってきた。

「おっ、本ができたのかい」

湯屋のあるじの寅次が言った。

「ええ、今日から売り出しで」

おちよが笑みを浮かべる。

「一冊いかがです？」

千吉が水を向けた。

「おう、前のも借り賃を取ったら元が取れたからよ」

岩本町の名物男が乗り気で答えた。

「晦日《みそか》締めで結構ですので」

と、おちよ。

「そりゃ、すぐ払えねえや」

寅次が苦笑いを浮かべた。

「『小菊《こぎく》』の分も買わねえと」

野菜の棒手振りが言った。

湯屋のすぐ近くにある「小菊」は、寅次の娘のおとせと吉太郎《きちたろう》が切り盛りする見世だ。のどか屋の厨で修業したこともある吉太郎がつくる細工寿司は評判で、遠くから通う客も多い。細工寿司ばかりでなく、おにぎりもうまい。

「なら、二冊もらってくぜ」

寅次は指を二本立てた。

「毎度ありがたく存じます」

おちよがていねいに頭を下げた。

冷えるからと、岩本町の御神酒徳利はけんちん汁を所望《しょもう》した。多めにつくってあるのでまだ出せる。

「金時人参がうめえな」

寅次が相好《そうごう》を崩した。

「おいらが届けた里芋もうめえや」

富八も笑顔だ。

「冬場は大根も葱もおいしいですから」

厨で仕込みをしながら、千吉が言った。

「なら、大根を食ってやろう」

「おいらは葱だ」

岩本町の御神酒徳利の箸が小気味よく動き、椀はたちまち空になった。

三

二幕目が進んだところで、刷り物を手にした男がのれんをくぐってきた。

「あっ、平ちゃん」

千吉が声をあげた。

のどか屋に姿を現わしたのは万年平之助だった。

「かわら版ができたぜ」

万年同心が刷り物を軽くかざした。

「将棋の対局のお話ですか？」

おちよがたずねた。

「ちょっとだが、『続料理春秋』の引札も載ってる。大きく採り上げたのは将棋の競い の件だが」

世話役をつとめる男が答えた。

ここでおようが二人の子をつれて出てきた。

「おひなちゃんは駄目よ」

手を伸ばした娘に向かって、おようが言った。

うっかり渡そうものなら、くしゃくしゃにされてしまう。

「読んで」

万吉がうながした。

「よし、おとうが読んでやろう」

千吉が手を拭きながら厨から出てきた。

「おう、それがいいや」

万年同心から千吉へ、刷り物が渡った。

「なら、読むよ」

万吉に向かって千吉が言った。

「うん」

わらべがうなずく。

一つ咳払いをすると、千吉はかわら版を読みはじめた。

将棋の競ひがもよほされるなり。出場するは、武家から町人まで、腕に覚えのある四人。二回勝てば一人にしぼらるるなり。

勝ち上がりし者は、将棋家の代表と一戦まじえる段取りなり。さらにそこにて勝利を収めし者が、晴れて御城将棋に上がるといふ絵図面にて根回しがされてをり。

すなはち、一介《いっかい》の市井《しせい》の将棋指しが、御城将棋に上がれるやもしれぬ。これは大いなる望みなり。

さて、一回目の将棋の対局場には、昨年、料理の腕くらべにて競ひし二つの見世が使はれるなり。
芝神明　旬屋
横山町　のどか屋
いづれも味自慢の見世にて、将棋の「勝負めし」を供するなり。
勝ち上がるのはいかなる猛者《もさ》か。
続報を待つべし。

「のどか屋、って言ったよ」

万吉が嬉しそうに言った。

「うちで将棋の大事な対局があって、おとうがお料理をつくるの」

おようが教えた。

「気張って」

万吉が笑顔で言った。

「ああ、気張るよ」

千吉は二の腕をたたいてみせた。

「ところで、将棋の競いに出るあとの三人は決まったんでしょうか」

おちよがたずねた。

一人はもちろん大和梨川藩の兵頭三之助だ。

「おおむね決まったんだが、まあ蓋《ふた》を開けてのお楽しみということで」

万年同心は少し気を持たせた。

「お相手もお武家さまで？」

今度はおようが問う。

「いや、残りの三人は町人だな。言えるのはここまでだ」

世話役は口の前に指を一本立てた。

「うちには将棋盤も駒もないけど、それはどうするの？　平ちゃん」

厨に戻って肴の支度をしながら、千吉がたずねた。

「近々、大和梨川藩から運ばれてくるよ。上屋敷に先祖伝来のいい品があるそうだ。時を測る大きな砂時計もあるらしい」

万年同心は答えた。

「勝ち上がった人同士の競いはどこでやるんでしょうか」

おちよがたずねた。

「それは浅草《あさくさ》の寺から手が挙がってる。住職が将棋好きでな」

世話役が答えた。

「浅草だったら、出前ができるよ。倹飩箱《けんどんばこ》に温石《おんじゃく》を入れたらすぐ冷めないし」

千吉が乗り気で言った。

「おう、そりゃ頼む。寺方は精進《しょうじん》しか出せねえからな」

万年同心がすぐさま答えた。

「分かったよ、平ちゃん」

千吉は白い歯を見せた。

「うちで出すお膳は一つだけで？」

おようがたずねた。

「二つ思案して、どちらか選んでもらえばどうだ？」

世話役が知恵を出した。

「そうね。お好きなほうを選んでいただいたほうが」

おちよがうなずく。

「あとで中食で出したら、飛ぶように売れるぜ」

万年同心が身ぶりをまじえた。

「なら、『勝負めし』で売り出すよ」

千吉が笑顔で言った。

ここで肴ができた。

鯛のあら煮だ。

万年同心がさっそく舌鼓を打つ。

「あら煮もいいが、牛蒡《ごぼう》もうめえな」

満足げに言う。

「ありがとう、平ちゃん。つくった甲斐があるよ」

料理人の顔で、千吉が答えた。

四

翌日は親子がかりの日だった。

将棋の勝負めしも見越して、二種の料理を一膳に合わせてみた。

焼き飯とうどんだ。

時吉が焼き飯を、千吉がうどんを担う。

「今日はまた豪勢だな」

「盛りもいいしよ」

「腹いっぱいになるぜ」

そろいの半纏の左官衆が言った。

勝負めしの当日は貸し切りで、厨も親子がかりだ。この膳でも出すことができる。

ただし、健啖《けんたん》の者ならいいが、あまり盛りが良すぎるともてあましてしまうかもしれない。どちらかに絞ったり、焼き飯を炊き込みご飯に替えたり、まだいろいろと工夫の余地はありそうだ。

むろん、普通の白い飯にするという手もある。魚の煮つけや天麩羅など、料理を盛りだくさんにすれば勝負めしらしくなる。まだ日数はあるから、これからも相談を重ねて決めていくことにした。

将棋の盤駒が運ばれてきたのは、二幕目に入った頃合いだった。

一枚板の席には元締めの信兵衛と大松屋のあるじの升太郎《ますたろう》が陣取っていたが、座敷は空いていた。

「当日と同じように置いてみろ」

お忍びの藩主が言った。

「はっ」

大和梨川藩の上屋敷から荷を運んできた稲岡一太郎が答えた。

風呂敷包みを解くと、将棋盤と駒箱が現れた。

猫足がついた立派な盤だ。木目がなかなかに美しい。

「ああ、重かったですわ」

兵頭三之助が背に負うた嚢《ふくろ》を下ろした。

中から現れたのは、大きな二つの砂時計だった。

「それは座敷に置くと気が散るかな」

筒堂出羽守が指さして言った。

「時読み係が仕切り板を操らねばなりませんから」

兵頭三之助が言った。

「そうだな。ならば、そちらだ」

藩主は一枚板の席を手で示した。

「どきましょうか」

元締めが言った。

「ちょいと寄っただけなんで」

大松屋のあるじが湯呑みをつかんだ。

酒ではなく茶だ。

「いや、ちょうど時読み係と帳面係にいい。こちらを向いて座っていてくれ」

筒堂出羽守が言った。

「こっちですな」

「座ってるだけなら」

元締めと升太郎は言われたとおりにした。

「では、こちらが上座《かみざ》だな」

藩主が将棋盤を置いた。

「それがしはどっちでしょうかな」

兵頭三之助が首をひねる。

「対戦相手にもよるだろう」

稲岡一太郎が言った。

「そやな」

将棋の名手がうなずいた。

「座布団はいちばんいいものをお出しします」

おちよが言った。

「そら、ありがたい。長いこと座っとったら疲れるさかいに」

兵頭三之助が笑みを浮かべた。

さっそく座布団が用意された。一枚板の席には二つの砂時計が置かれた。

「帳面はこれを」

おようが大福帳を持ってきた。これで対局場らしくなった。

「これ、駄目よ、こゆきちゃん」

おちよが笑って言った。

これ幸いとばかりに座布団に白猫が乗ってくつろぎだしたのだ。

「いや、対局相手っちゅうことで」

将棋の名手が言った。

「猫が相手なら、赤子の手をひねるようなものだな」

藩主が軽口を飛ばす。

「はは、さようで」

兵頭三之助が笑った。

「これはどうやって使うんでしょうか」

元締めが砂時計を手で示した。

「やってみましょう」

稲岡一太郎がすぐさま動いた。

砂時計の天地を返すと、砂が落ちはじめる。持ち時が少しずつ減っていくわけだ。

この砂時計は知恵者《ちえしや》がつくったもので、砂が落ちるところに薄い仕切り板を差し込むことができる。板が入れば、砂が止まる仕掛けだ。

「一手指すたびに板を差し入れて持ち時を止め、相手の板を抜きます。これを繰り返していくわけですね」

稲岡一太郎が説明した。

「なるほど、よくできてますな」

元締めが感心の面持ちで言った。

「どんどん指し手が進んだらせわしないですが」

大松屋のあるじが言う。

「それは気張ってやってもらうしかあるまい」

お忍びの藩主が笑った。

続いて、駒の検分に移った。

兵頭三之助がいい手つきで並べる。

「立派な駒ですね」

おようが瞬きをした。

駒に記された字が盛り上がっている。どれも美しい字だ。

「水無瀬《みなせ》やからね」

兵頭三之助が自慢げに言った。

水無瀬とは、能筆家《のうひつか》で知られた水無瀬兼成《かねなり》がつくった書体のことだ。風格があるゆえ、将軍家にも好まれている。

ほどなく、検分は滞りなく終わった。

対局の日まで、盤駒と砂時計は二階の時吉とおちよの部屋で大事に保管されることになった。

「あとは中食だな。長引いたときには夜食も要り用になるだろう」

筒堂出羽守が言った。

「そんなに長くなることもあるんですか」

千吉がたずねた。

「双方、時読みのまま譲らず、延々と勝負が続くこともあるかもしれん。それに、なんべんも千日手《せんにちて》になることも」

兵頭三之助が言った。

「千日手といいますと？」

おちよが問うた。

「おんなじ局面が四度現れたら千日手で、先後《せんご》を入れ替えて初めから指し直しますねん。手を変えたらどっちも不利になる局面やったら、そうせなしゃあない」

将棋の名手が答えた。

「持《もち》もあろう」

藩主が言った。

持は当時の呼び名で、いまは持将棋《じしょうぎ》と言う。

「そうですな。どちらの玉《ぎょく》も敵陣に入ってしもて、詰ます見込みがなくなってしもたら、持の引き分けになります。これも指し直しや」

兵頭三之助はややあいまいな顔つきで言った。

「なら、おにぎりなどの夜食もこしらえないと」

と、千吉。

「行灯も一つ増やしましょう」

おちよの表情が引き締まった。

「よろしゅう頼む」

筒堂出羽守が言った。

「承知しました」

「気張ってやりますんで」

のどか屋のおかみと二代目の声がそろった。

五

晦日が近づいたころ、のどか屋の前にこんな貼り紙が出た。

二月一日
将棋のきそひにて、終日かしきりです
朝膳のみ、やつてゐます
のどか屋

「おっ、なんでえ、『将棋のきそひ』って」

通りかかった常連の一人がつれに訊いた。

「知らねえのかよ。かわら版に載ってたぜ。四人の将棋指しが競って、勝ち上がったやつが将棋家と戦うんだ」

もう一人の男が得意げに答えた。

「へえ、その競いをのどか屋で」

「偉《えれ》えもんだな」

「そりゃ中食が休みでもしょうがねえや」

男たちはそんな話をしながら去っていった。

すでに二幕目が進んでいた。

一枚板の席には、青葉清斎《あおばせいさい》が陣取っていた。

のどか屋とは古いなじみの本道《ほんどう》（内科）の医者で、薬膳《やくぜん》にもくわしい。皆川町《みながわちょう》の診療所を焼け出されたあと、近くの竜閑町《りゅうかんちょう》の醤油酢問屋安房屋《あわや》の敷地内に移った。

妻は千吉を取り上げてくれた産科医の羽津《はつ》だ。診療所の並びには療治長屋があり、のどか屋から里子に出された猫たちが療治の友をつとめている。昔からの深い縁のある人物だ。

今日は往診と薬の調達の帰りに立ち寄ってくれた。忙しくて中食がまだだったということで、けんちんうどんと茶飯を出した。中食でも出したが、二幕目にも所望があろうと多めに仕込んでおいたのが役立った。

「具だくさんで、身の養いになるばかりか、頭の養いにもなりますね」

総髪の医者はそう言って、けんちんうどんをまた口に運んだ。

「表に貼り紙をした将棋の競いの『勝負めし』にもこの膳を出してみようかと思ってるんです」

千吉が言った。

「ああ、いいかもしれませんね」

清斎がうなずいた。

「ただ、もうひと品くらいあったほうがいいような気が。せっかくの晴れ舞台ですから、華やかなお膳がいいかと」

おちよが言った。

「うどんのほかに、『続料理春秋』にも載っている寒鰤の照り焼きと海老天にごはん、それにけんちん汁をつけたお膳も考えています」

千吉が厨から言った。

「なるほど、それもいいですね。華のあるもうひと品なら……」

清斎は少し考えてから続けた。

「だし巻き玉子はいかがでしょう。身の養いにも頭の養いにもなり、見た目も美しいですから」

「ああ、いいですね」

おちよがすぐさま言った。

「華のあるお膳になりそうです」

おようも笑みを浮かべる。

「なら、それでいきましょう。玉子は値が張るけど、世話役の平ちゃんが銭を出してくれるだろうから」

千吉が笑って言った。

「いいお膳になりそうです」

おちよのほおにえくぼが浮かんだ。

ややあって、膳を平らげた清斎が腰を上げた。弟子の文斎《ぶんさい》が代診をつとめているが、診療所に患者がいるから長居をしてはいられない。

「土産代わりに、その書物を二冊買ってまいります」

本道の医者は『続料理春秋』を手で示した。

「まあ、それはありがたく存じます」

おようが真っ先に頭を下げた。

「診療所に置いてくださるんで？」

千吉がたずねた。

「患者さんが待ち時に読まれるのにはちょうどいいでしょう」

清斎が笑顔で答えた。

「元の紙を書いた甲斐があります」

千吉も笑みを返した。

第五章　対局開始

一

その日が来た。

対局の開始は四つどきだが、泊まり客がいるから朝の豆腐飯の膳はいつもと変わらず出した。

「いよいよだね」

隠居の季川が言った。

昨日は療治の日だったから、一階の部屋に泊まって朝の膳を食べているところだ。

「うちはお茶を出したり、中食の膳をつくったりするだけですけど、いくらか胸がきやきやします」

おちよが胸に手をやった。

「気張ってつくるんで」

千吉が笑顔で言った。

「今日は親子がかりかい？」

朝膳だけ食べに来た大工衆の一人が問うた。

「いや、せがれだけでできるので。余った分はまかないにすればいいかと」

時吉が答えた。

「けんちんうどんの膳と、寒鰤の照り焼きの膳、どちらにもだし巻き玉子をつけるので、大車輪でやります」

千吉が手を動かしながら言った。

「八つどきの甘いものもあるからね」

と、おちよ。

「そちらは何を出すんだい？」

隠居がたずねた。

「餡巻きかお汁粉、どちらか選んでいただきます。それから、夜戦になったときはおにぎりも」

千吉が答えた。

「なるほど、準備は万端だね」

隠居の白い眉がやんわりと下がった。

「この豆腐飯は出さないのかい」

べつの泊まり客がたずねた。

「それも考えたんですが、晴れ舞台なのでもう少し華のある料理のほうがいいかと」

千吉が答えた。

「たしかに、ちょっと地味かもしれないね」

泊まり客はそう言ってまた匙を動かした。

「ついでだから、出しちまいなよ」

「せっかくの名物なんだからよ」

「引札にもなるぜ」

大工衆があおる。

「でも、あんまり多いと困ってしまうかもしれないので」

おちよが言った。

「過ぎたるはなお及ばざるがごとしだね」

隠居が笑みを浮かべた。

そんな調子で朝の膳が終わり、後片付けも済んだ。

いよいよ、これから対局だ。

二

「おう、今日は頼むぜ」

のどか屋に姿を現わすなり、世話役の万年同心が右手を挙げた。

「気張ってやるよ、平ちゃん」

千吉が笑顔で答えた。

「子供たちには泣かないようにと言ってありますから」

おようも言う。

「そりゃ、気が散るからな。よし、なら、支度をしよう」

万年同心は一緒に来た二人の男に言った。

「はい」

「承知で」

いい声が返ってきた。

「どちらも町方の裏方だ。茶くらい出してやってくれ」

世話役が紹介した。

「どうぞよしなに」

「世話になります」

手下とも言うべき二人が頭を下げた。

一人は嚢から帳面と矢立《やたて》を取り出した。どうやら帳面係のようだ。してみると、もう一人は時読み係だろう。

ほどなく、二階から将棋盤と駒、それに二つの砂時計が運ばれてきた。座敷と一枚板の席に据えられる。

「なかなかいい感じだな」

万年同心がうなずいた。

座敷の床《とこ》の間《ま》には季節の花が飾られている。平生《へいぜい》は猫が悪さをしてしまうため、こそという日だけの生け花だ。

「あとは対局の方《かた》を待つばかりで」

おちよが言った。

「おっつけ来るだろう」

世話役が言った。

ややあって、駕籠屋の掛け声が響いてきた。

「あっ、見えたわね」

おちよが言った。

駕籠を下り、のどか屋に姿を現わしたのは、大和梨川藩の将棋の名手、兵頭三之助だった。

「どうぞよろしゅうに」

紋付袴に威儀《いぎ》を正した男が頭を下げた。

分厚い眼鏡は同じだが、大事な対局とあって今日は正装だ。

「お待ちしておりました」

おちよが一礼する。

「あとは相手を待つばかりで」

世話役の万年同心が言った。

「なら、下座で待たせてもらいますわ」

兵頭三之助はそう言うと、座敷に上がる。

提げていた袋から扇子《せんす》を取り出し、さっそく煽ぎだす。さすがに勝負の前とあって、いつもより表情は硬い。

ほどなく、急ぎ足でまた一人入ってきた。

目出鯛三だ。

「かわら版に仕立てますので、やつがれも末席に」

狂歌師はそう言って、一枚板の席の端のほうに座った。

「あとはお相手だけですな」

兵頭三之助がふっと一つ息をついた。

「来なかったら困るが」

世話役がいくらか案じ顔で言った。

ややあって、また一人、のどか屋に人影が現れた。

まだ十四、五とおぼしい娘だ。

「今日は将棋の競いで貸し切りでございますが」

おちよがいぶかしげに告げた。

「あの……その将棋の競いでまいりました」

桃割れの髷にきれいな簪《かんざし》を挿した娘が告げた。

兵頭三之助の相手は、この娘だった。

三

「えっ、あんたはんが将棋指しで？」

兵頭三之助が心底驚いたように言った。

「はい、本郷竹町《ほんごうたけちょう》生まれのときと申します。どうぞよろしゅうに」

娘がていねいに頭を下げた。

「まさか娘さんとは」

おちよの顔にも驚きの色が浮かんでいた。

「断られたりしてなかなか決まらなかったからな。市井の将棋指しで、力はあるから、侮《あなど》ったら痛い目に遭いますぞ」

万年同心が兵頭三之助に言った。

「気を引き締めてやりますわ。ほな、わたしが上座ですな」

将棋の名手が袋と扇子を持って立ち上がった。

座布団を返し、身ぶりでおときに示す。

「上がらせていただきます」

紅色の巾着《きんちゃく》を提げた娘が一礼してから座敷に上がった。

お茶の支度ができた。

盆に載せた土瓶と湯呑みが置かれる。

「なくなったらご所望ください。厠はこちらにありますので」

おようが裏手に通じる戸を手で示した。

おときは少しほっとしたようにうなずいた。

「では、先後を決めましょうか」

世話役が言った。

将棋の先手《せんて》、後手《ごて》は振り駒で決める。

「その前に」

千吉が手を挙げた。

「中食か?」

それと察して、万年同心が訊いた。

「うん、下ごしらえの具合があるから」

千吉は答えた。

「献立を記した紙がありますので」

おちよがさっそく動いた。

「あらかじめ中食の注文を聞くことにしますので」

万年同心が言った。

「どちらかをお選びくださいまし」

おちよが紙を差し出した。

こう記されていた。

将棋のきそひ、中食

飛車《ひしや》
ぶりのてりやき
ごはん、香の物
けんちん汁
だし巻きたまご

角《かく》
けんちんうどん
茶めし、香の物
だし巻きたまご

「うーん、どっちにしよう?」

兵頭三之助が首をかしげた。

「八つどきには甘いものをお出しします。そちらは、餡巻きか汁粉で」

千吉が言った。

「ほな、好物の照り焼きでいこか。甘いもんは餡巻きがええな。腹持ちがええやろし」

兵頭三之助が言った。

「では、わたしはおうどんとお汁粉で」

おときが控えめに言った。

「承知しました」

千吉は笑顔で答えた。

中食は、兵頭三之助が飛車、おときが角。

これで注文が決まった。

四

「駒を並べてから、振り駒ですな」

兵頭三之助がそう言って、駒箱に手を伸ばした。

箱から駒袋を取り出し、結びを解いて駒を将棋盤の上に開ける。

上座に座った男は王将をつまんで自陣に据えた。下座のおときは玉将《ぎょくしょう》だ。そういう習いになっている。

左の金、右の金、左の銀、右の銀……。

左右交互に一枚ずつ並べ、角と飛車まで並べ終わった。

次は歩《ふ》だ。

兵頭三之助は一枚ずついい音を立てながら歩を並べた。

五筋《すじ》、六筋、四筋、七筋、三筋、八筋、二筋、九筋、一筋。

真ん中から左右に広がるように並べていく。

大橋《おおはし》流だ。

一方のおときは、桂馬《けいま》まで並べ終えると、左から順に歩を並べ、左の香車《きようしや》、右の香車、角、飛車の順で駒を据えた。

こちらは伊藤《いとう》流だ。

将棋の由緒《ゆいしよ》ある二つの流派によって並べ方が違う。伊藤流は飛車角と香車が敵陣を直射しないように配慮した並べ方のようだ。

「振り駒のやり方は教わってきたんで」

万年同心がそう言って座敷に上がった。

兵頭陣の歩を五枚取り上げると、世話役は左の手のひらに乗せた。

「では、兵頭三之助氏の振り先で」

そう言うと、万年同心は両の手のひらで駒を包み、いくたびか音を立てて小気味よく振ってから畳の上にぱっと開けた。

と金が三枚出た。

兵頭の後手だ。

歩が戻される。兵頭三之助は一枚ずつ気を入れながら駒を据えた。

「それでは、本郷おときの先手で始めていただきます。持ち時はそれぞれ一刻半（約三時間）、切れたら一手十数えるあいだに指すことに。ただし、午《ひる》は四半刻（約三十分）の中食の休みがあります」

世話役はよどみなく言った。

「それでは、始めっ」

万年同心は軍配を振り下ろすようなしぐさをした。

「お願いします」

兵頭三之助が頭を下げた。

「お願いします」

おときもていねいに一礼した。

長い戦いが始まった。

五

おときは土瓶のお茶を湯呑みについだ。

気を鎮《しず》めるためか、初手《しょて》を指す前にまずお茶を呑む。

それから、ふっと息をついてから歩を突いて角道《かくみち》を開けた。

時読み係がおときの砂時計のつなぎ目に板を入れて流れを止め、兵頭三之助の板を抜く。

兵頭三之助は、間髪を容れずに飛車先の歩を突いた。

時読み係がまた板を入れ替えた。指し手が続くとなかなかにせわしない。

帳面係の筆も動いた。

一　七六歩
二　八四歩

指し手を帳面に記していく。

開始を見守っていた目出鯛三がすっと腰を上げた。

「長い競いなので、また八つごろに来ます」

世話役の万年同心に小声で告げる。

万年同心は軽く右手を挙げた。

ここでおちよが『続料理春秋』を持ってきた。退屈かもしれないという配慮だ。

「ありがとよ」

万年同心はにやりと笑って受け取った。

しばらく駒組みが続いた。

「ん？　どっちや」

兵頭三之助が首をかしげた。

おときの戦法はまだはっきりしなかった。振り飛車のように見えるが、六七銀、七八金の構えだから居飛車《いびしや》もある。

兵頭三之助は扇子を開き、ぱたぱたと煽ぎだした。

一歩千金《いっぷせんきん》

そう記されている。

一枚の歩は、千金の重みを持つ。一歩千金とはそういう格言だ。勝負どころで歩が一枚あるとないとでは、形勢ががらりと変わることもある。

おときは五八に金を上げた。これで振り飛車はほぼなくなった。

兵頭三之助がうなずく。その後もしばらく、一手ずつ時をかけた駒組みが続いた。

「何やこれは。見たことないで」

大和梨川藩の将棋の名手が、ややあって声をあげた。
おときは正座を崩さず、じっと盤面を見守っている。
そこへ、こゆきがひょこひょこと近づいてきた。
「駄目よ、こゆきちゃん」
見守っていたおようが声をひそめて言った。
猫に駒をぐしゃぐしゃにされてしまうのが、のどか屋ではいちばんの懸念だ。
すかさず万年同心が立ち上がり、白猫の首根っこをつかんだ。
「今日は外にいな」
そう言って表に出す。
張りつめていた気がいくらかゆるんだあと、また戦いに戻った。
兵頭三之助があごに手をやって長考《ちょうこう》に沈んだ。
おときの陣形はいままでに見たことがないものだった。棋書でも読んだことがない。
銀が六七と四七に上がっている。二枚の銀がまるでツノのように見えた。
「しゃあないな。得意なのでいこか」
兵頭三之助は意を決したように駒を動かした。
数手進み、後手の兵頭の飛車が六筋に動いた。

右四間飛車《みぎしけん》だ。

古くから指されていた戦法だ。最も古い将棋の棋譜《きふ》は、右四間飛車対四間飛車の戦いだった。

五六と五四、双方の銀が接近し、一触即発《いっしょくそくはつ》の構えになった。

「行ったれ」

数手後、兵頭三之助が力強く桂馬をはねた。

おときが当てられた角を引く。

「ここからいくさや」

兵頭三之助は六五の歩を突いた。

開戦は歩の突き捨てから、と言われる。

いよいよ戦いが始まった。

ここで時読み係が懐中《かいちゅう》時計を見た。

大和梨川藩から借りてきた由緒ある品だ。

「そろそろか？」

世話役が問う。

時読み係がうなずいた。

「では、ここで中食の休みに入ります」

万年同心が宣言した。

手番のおときの砂時計にも板が入れられた。

四半刻の中食の休みになった。

六

「お疲れさまです」

おちよが盆を運んでいった。

「中食の膳でございます」

千吉も続く。

兵頭三之助は寒鰤の照り焼きとけんちん汁。おときはけんちんうどんと茶飯。どちらの膳にもだし巻き玉子と香の物がついている。見た目も華やかな膳だ。

「しっかり食うとかな」

兵頭三之助がそう言って、さっそく箸を取った。

おときも初めてひざを崩し、少し迷ってからだし巻き玉子を箸でつかんで口に運んだ。

「平ちゃんにも」

ほどなく、千吉が世話役に膳を出した。

「おう。食うぜ」

万年同心が箸を取った。

世話役は寒鰤の照り焼き膳、二人の裏方はけんちんうどん膳だ。

それぞれに箸が動く。

「勝負の途中で何やけど、その陣形はあんたはんが考えたんか？」

兵頭三之助が将棋盤のほうを箸で軽く示した。

「いえ」

うどんを胃の腑に落としてから、おときは答えた。

「編み出したのは、父の政吉《まさきち》です」

対戦相手に告げる。

「おとっつぁんは市井の将棋指しで。あいにく若くして亡くなったんですが」

身元をしっかり調べてあるとおぼしい万年同心が伝えた。

「そうかい。おとうの形見の戦法で戦っているわけやな」

兵頭三之助は感慨深げに言った。

「はい。将棋の手ほどきは父から受けました」

おときが言った。

それからしばらく、膳を食べながらおときの身の上の話になった。

腕のいい錺《かざり》職《しょく》だった父の政吉が早患いで亡くなったあと、おときは母に女手一つで育てられた。

そのうち、母と娘は本郷を離れ、浅草の料理屋で住み込みで働くことになった。浅草では長吉屋と並び称せられる名店だ。

名店ゆえ客筋はいい。そのなかに将棋の伊藤家の者が含まれていた。

おときが将棋を指すことを知った客は、二枚落ち（飛車角を落とす）の指導将棋を行った。おときの棋才に気づいた棋士は、その後も折にふれて指導将棋を指した。おときが駒を伊藤流で並べるのはそのためだ。

「なるほど、それで将棋の競いに白羽の矢が立ったんですね」

おちよがうなずいた。

「ありがたいことです」

おときは控えめに言った。

「ああ、うまかったな。これで力が出るで」

膳をきれいに平らげた兵頭三之助が言った。

一方のおときはいくらか持てあまし気味だった。娘の中食には食べでがありすぎるようだ。

「残してもいいですからね」

それと察して、おちよがやさしく声をかけた。

「ええ、では、ちょっとだけおうどんを」

おときは申し訳なさそうに言った。

「具だくさんで茶飯とだし巻きもつけたので」

千吉が言う。

「相済みません」

おときは頭を下げて箸を置いた。

万年同心に続いて、時読み係と帳面係の中食も終わった。

おときを筆頭に、かわるがわる厠に立ち、後片付けも終わった。

「そろそろか？」

世話役が時読み係に訊いた。

「もう始めてもよろしいかと」

懐中時計を見てから、時読み係が答えた。

「では、本郷おときの手番で再開します。始めっ」

万年同心が声を発した。

砂時計の砂がまた流れだした。

将棋の競いは、いよいよ佳境《かきょう》に入った。

第六章　死闘の果て

一

いよいよいくさが始まった。
「この一手やな」
兵頭三之助はそう言って、角を敵陣に成りこんだ。
角交換だ。
ここでおときが思案に沈んだ。
どの駒で角を取り返すか。玉か、金か。どちらもあるところだ。
おときはずいぶん考えてから金で取った。
兵頭三之助は銀をぶつけた。

六五銀、同銀、同飛

指し手が進む。

おときは前かがみになって読みを入れた。

ややあって、駒台から銀を取り上げると、静かに六六に置いた。

飛車を追い返すのに歩を打ってもいいところだが、厚く銀を二枚重ねた。

「強いな」

兵頭三之助が思わず口走る。

数手後、おときは敵陣に角を打ちこみ、馬をつくった。

兵頭の飛車をいじめながら手厚く攻めていく作戦だ。

「勝負どころや」

大和梨川藩士が腕組みをした。

扇子でせわしなく煽ぎ、顔を真っ赤にして読む。

「これやな」

兵頭三之助は端歩《はしふ》を突いた。

取られそうな桂馬の利きを活かした端攻《はしぜ》めだ。

おときは紅い巾着から手拭いを取り出し、額の汗を拭った。

馬を引きつけ、おときはどうにか先に桂馬を取り切ろうとした。

しかし……。

兵頭三之助の指し手は老獪《ろうかい》だった。

歩を巧みに使い、相手の端を破ることに成功した。

形勢は兵頭三之助に傾いた。

二

ややあって、目出鯛三が再び姿を現わした。

盤面に目をやり、帳面係のもとへ歩み寄る。

「棋譜を写させてもらいたいんですが」

かわら版の文案を手がける男が言った。

「どうぞ」

帳面係が小声で答えた。

「あとで将棋の先生に見てもらうつもりで」

目出鯛三が言う。

「周到だな」

世話役が笑みを浮かべた。

『続料理春秋』を読み終えた万年同心はいささか所在なさげだ。

おときは長考に沈んだ。

すでに端を破られている。このまま手をこまねいていれば、さらに傷口が広がってしまう。

受けか、捨て身の攻めか。

娘将棋指しは懸命に思案した。

そして、意を決したように飛車先の歩を突いた。

七七手目の二四歩だ。

少しでも敵陣にあやをつけ、逆転の糸口をつかもうという一手だ。

「来よったな」

兵頭三之助は腕組みをした。

「これは取る一手や」

さほど間を置かずに同歩と取る。

指し手はさらに進んだ。

兵頭三之助は角を打って、おときの馬を消した。老獪な手順だ。

そして……。

八六手目、駒音高く金を打ちつけた。

四四金打《うつ》だ。

おときは瞬きをした。

苦しげに盤面を見る。

おときの飛車は行き場をなくしていた。

形勢は兵頭三之助にさらに傾いた。

三

「そろそろ八つどきです」

時読み係が告げた。

それを聞いて、千吉が待ち構えていたように動いた。

兵頭三之助は餡巻き、おときは汁粉を所望だ。

「では、時は止めず、甘いものを食しながら対局を続けていただきます」

世話役の万年同心が言った。

ほどなく、厨のほうからいい香りが漂ってきた。

千吉の手が小気味よく動く。

くるくると餡を巻き、見栄えよく焼きあげていく。

「おとう、ほしい」

見ていた万吉が言った。

「お客さまのだからね」

おひなと一緒にいたおようがたしなめた。

「大松屋にでもつれていってくれ」

千吉が言った。

「内湯ね」

と、およう。

「ゆっくりつかってらっしゃい」

おちよが笑顔で言った。

とになった。

将棋の競いの邪魔にならないように、おようは二人の子をつれて大松屋に向かうこ
「お待たせいたしました」

千吉が盆を運んでいった。

「おう、来た来た」

兵頭三之助がさっそく餡巻きの皿に手を伸ばした。

形勢がいいせいか、顔色がいい。

「どうぞ」

千吉はおときの横に汁粉の椀を置いた。

娘はこくりとうなずくと、やや力なく飛車で金を取った。

駒損《こまぞん》になるが、ほかに手はない。

世話役と目出鯛三には餡巻きと茶、帳面係と時読み係には汁粉が出た。これで甘いものが出そろった。

おときはゆっくりと汁粉を啜った。そのあいだも、じっと盤面を見つめる。

「ええ腹ごしらえになったわ」

餡巻きを食べ終えた兵頭三之助が言った。

「上々の焼き加減で」

目出鯛三も笑みを浮かべる。

「さすがは二代目だな」

万年同心も和す。

「ありがとう、平ちゃん」

千吉が白い歯を見せた。

汁粉を呑み終えたおときは、意を決したように着手した。

将棋の競いはさらに続いた。

四

帳面係の筆が動いた。

八九手目、おときは五六桂打と指した。次に四四桂と跳べば、金銀の両取りになる。

「うーん」

兵頭三之助が腕組みをして砂時計のほうを見た。

流れ落ちるまで半刻、天地を返せば一刻、もう一度返れば一刻半。

すでに双方ともに天地が二度返っているが、残りの砂は兵頭のほうが多かった。時に余裕がある。

「行ったろか」

兵頭三之助はそう言うと、力強く飛車を敵陣に打ちこんだ。

九十手目、八八飛車打だ。

ここから激しいせめぎ合いになった。

おときは玉を中段に逃がし、懸命に防戦につとめた。

片や、兵頭三之助は龍と馬の利きを頼りに攻める。双方の駒が盤面で複雑にぶつかった。

いまにも仕留められそうだったおときの玉だが、必死の防戦で息をつないでいた。

兵頭三之助の扇子がせわしなく動く。決められそうで決めきれない。そんな焦りが見えるようになってきた。

そして、一二三手目。

おときは六四玉と指した。

望外にも、入玉《にゆうぎょく》が見えてきた。

敵陣深くに玉が入り、ほかの成り駒などの援軍がいれば、もう寄せられなくなる。

双方ともに入玉すれば、引き分けの持で指し直しになる。劣勢だったおときにとってみれば望みが出てきた。

「こら、しもたな」

兵頭三之助が渋い顔つきになった。

まだ優勢だが、おときの玉を上に逃がしてしまったのはしくじりだった。ここからまだ長い戦いだ。

そのうち、いびきが響きだした。

目出鯛三が腕組みをしたまま眠っている。退屈で眠くなるのは致し方ない。

世話役がおちよに目くばせをした。

「先生、先生……」

おちよが近づき、控えめに体をゆする。

「あ、いや、こりゃ失礼」

目を覚ました狂歌師は、ばつが悪そうに頭に手をやった。

それからほどなく、のどか屋に人影が現れた。

お忍びの藩主、筒堂出羽守、いや、着流しの武家、筒井堂之進だ。

「どうだ」

と、座敷の盤面を見る。

「しくじってしもて、また難所ですわ」

ややあいまいな顔つきで、兵頭三之助が答えた。

「そうか」

筒井堂之進と名乗る男は一つうなずくと、おときのほうを見た。

「兵頭といい勝負なら、強いな。この先も気張れ」

そう励ます。

「はい」

娘将棋指しは、いいまなざしで答えた。

五

おときの砂の残りが乏しくなってきた。

兵頭三之助の砂も減っているが、まだいくらか余裕はある。

砂の残りを見て、千吉が動いた。

「おにぎりができますので、お申し付けください。昆布とおかかの二種です」

対局者に向かって言う。

「ほな、両方もらおか。一つずつや」

兵頭三之助が指を立てた。

「承知しました」

千吉が答える。

「わたしは、結構です」

おときはそう告げて、また盤面に目を落とした。

どうもそれどころではないようだ。

「おれももらおう。一つずつでいい」

世話役が右手を挙げた。

「では、やつがれも一つずつ」

目出鯛三も続く。

時読み係と帳面係の所望はなかった。千吉はさっそく手を動かしだした。

だしを取った昆布と鰹節には二度目のつとめがある。しっかり味をつけておにぎりの具にするのだ。切り胡麻を加えると、ことに風味が豊かになる。

「お待ちどおさまです」

千吉が座敷におにぎりを運んだ。
おちよも茶のお代わりを運ぶ。
兵頭三之助はさっそく手を伸ばした。
「こら、うまい。海苔もええ」
将棋の名手は満足げに言った。
盤面はさらに険しくなった。
入玉を図ろうとするおとき、そうはさせじと押し返す兵頭。
火花が散るような熱戦だ。
おときがちらりと砂時計を見た。
あわてて着手し、厠に立つ。
「こら、すぐ指したら可哀想や」
兵頭はそう言って、おときが戻るのを待った。
いくらか経って戻ってきたおときは、盤面が動いていないのを見てほっと息をついた。
しかし……。
ほどなく、無情にも砂時計の砂が落ち切った。

「先手の持ち時が切れました。向後は一手、十数えるうちに指していただきます」

時読み係が告げた。

「はい」

おときは紅潮した顔で答えた。

六

一《ひい》、二《ふう》、三《みい》、四《よう》、五《いつ》、六《むう》、七《なな》、八《やあ》……


そこまで時を読まれて、おときは着手した。

このあと、九《ここ》に続いて、十《とお》まで読まれてしまったら負けだ。

「あかん、こっちも切れそうや」

兵頭三之助が砂時計をちらりと見た。

続いて、駒台を見る。

入玉を阻止しようとする兵頭の駒台には金と歩が一枚ずつ、それに銀が二枚載っていた。

一方のおときは持ち駒が豊富だ。

飛車に、角が二枚。銀と桂馬に、歩が八枚もある。

兵頭三之助は扇子を開いた。

「まさに、一歩千金やが」

扇子に記されている文字を読み、またひとしきり煽ぐ。

ここで砂が落ち切った。

「後手の持ち時も切れました。向後は一手、十数えるうちに指していただきます」

時読み係が表情を変えずに告げた。

「えらいこっちゃ」

兵頭三之助が座り直した。

時を読まれた兵頭は、駒台の歩をつまみあげた。

「七、八……」

そこで着手する。

駒音高く、おときの金に当てて歩を打つ。

ちょうど一五〇手目、八二歩打だ。

おときは迷った。

強く同歩と取るか、金を引くか。
二つに一つだ。
「八、九……」
いまにも時が切れそうになったとき、おときの指が動いた。
すっと金を引く。
「よっしゃ」
兵頭三之助が小声で言った。
すぐさま銀をつかみ、歩を支えにして打ちこむ。
おときは唇をかんだ。
背後には兵頭の龍が待ち構えている。挟み撃ちだ。
九まで読まれながら、おときは必死に指し手を継いだ。
だが……。
その奮闘も空《むな》しかった。
七七龍でついに受けがなくなってしまった。
合い駒が利かない。
「……参りました」

おときは頭を下げて投了《とうりょう》した。

ふっ、と一つ兵頭三之助が息をつく。

「迄《まで》、一六六手にて、後手の勝ちでございます」

時読み係が告げた。

双方が一礼する。

かくして、死闘が終わった。

七

「いやあ、強かったで」

兵頭三之助がおときに言った。

「……疲れました」

おときは包み隠さず言った。

「一時はおときちゃんが押し返したように見えましたが」

観戦していた目出鯛三が言った。

「そや。王さんを上へ逃がしたのがしくじりで。……ほな、並べ直してみよか」

兵頭三之助が水を向けた。

初手から並べ直し、ほかの手はなかったか、どの手がまずかったか、さまざまな検討をする。この局後の感想戦が学びになる。

「はい」

おときはやっと笑みを浮かべた。

「白玉入りのお汁粉ならまだできますが」

千吉が水を向けた。

「では、いただきます」

おときが言った。

「ほな、もう一つ」

兵頭三之助が指を立てた。

「お二人もいかがです？　おにぎりもできますが」

千吉は大役を果たした時読み係と帳面係に声をかけた。

「では、おにぎりのほうを」

「腹が減ってるので」

二人の役人が答えた。

「平ちゃんと先生は？」

千吉はさらにたずねた。

「おれはさっき食ったからいい」

万年同心が右手を挙げた。

「わたしは汁粉を」

目出鯛三が言った。

「承知しました」

千吉は笑みを浮かべた。

ほどなく、時吉が長吉屋から戻ってきた。

勝敗を聞いたのどか屋のあるじは、対局者の労をねぎらった。

「大松屋さんにも知らせないと」

おちよが言った。

「向こうへ行ってるのか？」

時吉が訊く。

「うるさくしたらいけないからと、だいぶ前から。向こうの升吉《ますきち》ちゃんと一緒に遊んでもらってるんだと」

おちよが答えた。

「なら、行ってくる」

時吉はさっそく動いた。

「ここは受けなあかんとこやったな。あほやった」

兵頭三之助はそう言いながら駒を動かした。

口ではぼやいているが、勝ちを収めたから機嫌はよさそうだ。

おときのもとへは汁粉が運ばれた。

感想戦を続けていたおときは、汁粉を少し呑むと感慨深げな面持ちになった。ずっと頭を使っていたから、甘みが心にしみわたるかのようだった。

ややあって、おようが二人の子をつれて戻ってきた。のどか屋は急ににぎやかになった。

「終わったの？」

万吉がたずねた。

「おう、勝ったで」

兵頭三之助が笑顔で答えた。

「お汁粉、あと一杯分ならあるよ」

千吉が言った。

「なら、二人で分けて呑んだら？　ふうふうしてあげるから」

おようが子供たちに言う。

「うん」

万吉がうなずいた。

おひなも笑みを浮かべている。

「よし、いま持っていくからな」

千吉が言った。

「次はお寺はんでもう一局や。出前の勝負めしを頼みますで」

兵頭三之助が言った。

「承知しました」

千吉がいい声で答えた。

最後の汁粉は時吉が運んだ。

「熱いから気をつけな」

と、椀を一枚板の席に置く。

「おかあ、ふうふう」

万吉がうながした。

「分かってるわよ」

おようが笑顔で答えた。

対局のあいだとはうって変わった穏やかな気がのどか屋に満ちた。

その後も、行灯に火が入るまで、感想戦は長く続いた。

第七章　寺方蕎麦《てらかたそば》と若布椀《わかめわん》

一

「おう、かわら版ができたぜ」

万年同心がそう言いながらのどか屋ののれんをくぐってきたのは、三日後の二幕目だった。

「将棋の先生に下書きを見てもらっていたので遅くなりました」

一緒に入ってきた目出鯛三が言った。

「それはそれは、ご苦労さまでございます」

おちよが頭を下げる。

「いま行くよ、平ちゃん」

千吉はそう答えると、手を拭きながら厨から出てきた。

「のどか屋の引札にもなってるからよ」

将棋の競いの世話役が笑みを浮かべた。

「どれどれ、ちょっと見せて」

千吉が手を伸ばした。

「おう。かしらもおっつけ来るからよ」

万年同心は渋く笑うと、刷り物を千吉に渡した。

「読んでおくれ、千吉」

座敷の片づけをしていたおちよが言った。

「はいよ」

調子よく答えると、千吉はかわら版を読みはじめた。

将棋のきそひ、娘将棋指し健闘す
江戸の将棋指し四人にて行はれる将棋のきそひは、二月のつひたちに一回戦が催されたり。
まづ、横山町の旅籠付き小料理のどか屋にて行はれしきそひでは、さる藩の名手、兵頭三之助が待ち受けてゐをり。

そこへ現れしは、なんと、まだうら若き娘なり。本郷おときは十四の若さなれど、いまは亡き父より手ほどきを受けし将棋の腕はめざましく、このたびのきそひに白羽の矢が立てり。

かくして、盤上のいくさは始まれり。

本郷おときは、亡き父が編み出せる、銀がツノのごとくに見える陣形を敷けり。方や兵頭は右四間飛車、やがて戦ひの火蓋が切つて落とされたり。

兵頭はさすがの手練れにて、ひとたびは優勢を築けり。されど、本郷おときの粘りはすさまじく、局面はまぎれて入玉模様に。

やがて双方ともに持ち時が尽き、時読みとなれり。十数えきるまでに指さねば負けになる緊迫の勝負はなほもつづけり。

ここまで来れば、勝敗の帰趨《きすう》は指運《ゆびうん》なり。運を司る神はおときにはほほえまず、兵頭が勝ちを収めたり。

惜敗なれど、本郷おとき、ここにあり。勝ちに等しき奮闘ぶりなりき。あつぱれ、娘棋士。

もう一局は、芝神明の旬屋にて行はれたり。勝ちあがりしは、なんと、盲目の棋士、新悦《しんえつ》なり。按摩をなりはひとする新悦は、指し手を読みあげてもらひ、駒を頭の中で動かして戦ひたり。にはかには信じがたき棋士なれど、剣術との二刀流を誇る相手、加倉井大膳《かくらいだいぜん》をば見事に討ち果たしたり。

将棋家と戦ふ相手を決める次なるいくさは来月のつひたち、浅草の成願寺《じょうがんじ》にて行はれるなり。刮目《かつもく》して続報を待つべし。

「おときちゃんのこと、よく書いてくださって」

おちよが笑みを浮かべた。

「これでみな名を憶えただろうよ」

万年同心が言った。

「それにしても、目が見えなくても将棋が強いとは」

千吉が驚いたように言った。

「このたびは結果を聞いただけですが、次はこの目で見て書きますので」

目出鯛三がおのれの目を指さした。

ここでのれんが開いた。

「おう」

いなせに右手を挙げて入ってきたのは、黒四組のかしらの安東満三郎だった。

二

「うん、甘え」

あんみつ隠密の口から、お得意の台詞が飛び出した。

食したのは、いつものあんみつ煮だ。

万年同心と目出鯛三には海老天が出た。衣に花を散らした見た目も美しい海老天だ。

「次も世話役なの？　平ちゃん」

千吉がたずねた。

「次までだな。勝ち上がった者が将棋家と戦うのは御城だから、おれの領分じゃねえや」

万年同心はそう言って、海老天をさくっと嚙んだ。

「そろそろこっちのつとめに戻ってもらわねえと」

黒四組のかしらが言った。

「いや、将棋の世話役のほかにも動いてはいるんで」

万年同心が答えた。

「いまはどういう悪党を？」

少し声を落として、おちよがたずねた。

「安い壺を法外な値で売りつけている連中がいてな。おまえには悪相が出ているから、この壺に封じこめねばならぬとかありもしねえことを言って銭を巻き上げてるらしい」

あんみつ隠密が答えた。

「いろんなことを企《たくら》むものですね」

おちよが眉根を寄せた。

「まあしかし、だいぶ網は絞れてきてるから、おっつけ捕り物になるだろうよ」

安東満三郎はそう言うと、残りのあんみつ煮を胃の腑に落とした。

それから話題はまた将棋に戻った。

「次は出前を頼むぜ、二代目」

世話役が言った。

「分かったよ、平ちゃん。でも……」

千吉は少し思案してから続けた。

「次は按摩さんも召し上がるから、見た目より味で」

のどか屋の二代目がうなずいた。

「味はもちろんだが、将棋が強いんだから、心の目で見ると思うぜ」

万年同心が言った。

「ああ、なるほど」

千吉がうなずく。

「ともかく、浅草の成願寺へ下見に行ったほうがいいですな」

目出鯛三が言った。

「そうですね。届けるときに道に迷ったら大変なので」

千吉が答えた。

「ついでに、寺方のお料理の舌だめしをしてくれれば？」

おちよが水を向けた。

「そうだね。浅草には長吉屋もあるし、おときちゃんが住みこみで働いてる見世もあるから」

千吉が乗り気で言った。

おときと母が住みこみで働いている藤乃家《ふじのや》は、浅草では長吉屋と並び称せられる名店だ。

「なら、親子がかりの日に千坊だけ浅草へ行きゃあいい」

万年同心が言った。

「そうするよ、平ちゃん」

千吉は笑顔で答えた。

三

次の親子がかりの日――。

千吉は中食の仕込みまで手伝ってから浅草に向かった。

まず目指したのは、将棋の競いの舞台となる成願寺だった。

本尊の千手観音《せんじゅかんのん》の御開帳の日には遠くからも参拝客が来る名刹《めいさつ》だ。案内板も出ていたから、まったく迷うことなく寺に着いた。

千吉が来意を告げると、本堂へ通された。

「将棋の競いの出前、よろしゅうお願いいたします」

住職が柔和な表情で言った。

「はい。気を入れてつくらせていただきます」

千吉は引き締まった顔つきで答えた。

「こちらまで運ぶのは大儀《たいぎ》でしょう」

住職は労をねぎらった。

「横山町からは存外に近いですし、温石《おんじやく》を入れておけば冷めませんので」

千吉は少し表情をやわらげた。

「なるほど。出前の料理は決まっているのでしょうか」

住職はたずねた。

「これから思案します。前日に検分があるので、そのときに二種の献立から選んでいただくという段取りで」

千吉は答えた。

世話役の万年同心と相談して決めた段取りだ。ただし、何を出すかはまだ決めかねていた。兵頭は二度目だから、同じものを出すわけにはいかない。按摩の新悦には目が不自由でも食べやすい料理のほうがいいだろう。あれやこれやと思案しているところだった。

「さようですか。なにぶん寺方で、蕎麦《そば》くらいならお出しできるのですが、精のつくものがよろしいですからね」

住職は笑みを浮かべた。

「蕎麦はもちろん、うどんものびてしまうので、麵はやめておこうかと思っています」

千吉が言った。

「承知しました。よろしければ、蕎麦をお出しいたしますが、いかがでしょう」

住職が水を向けた。

「それはぜひ舌だめしをさせていただきたいです」

千吉は乗り気で答えた。

「では、少々お待ちください」

住職は軽く両手を合わせてから立ち上がった。

ややあって、若い僧が盆を運んできた。

笊《ざる》に盛られた蕎麦は細打ちで、いくらか黒味がかっている。小皿には白髪葱《しらが》とおろし山葵。さらに、蕗《ふき》の薹《とう》の天麩羅までついていた。

「わあ、お蕎麦屋さんみたいですね」

千吉は思わずそう口走った。

「こちらは蕎麦湯です。どうぞごゆっくり」

僧は湯桶を置いてから去っていった。

千吉はさっそく箸を取った。

蕎麦は風味豊かで、のど越しがいたってよかった。寺方だからつゆはおもに昆布からだしを取っているとおぼしいが、素朴で味わい深かった。

蕎麦に負けず劣らず美味だったのが天麩羅だ。さくっとかめば、蕗の薹のほろ苦さが悦ばしく口中に広がる。まさに早春の恵みの味だ。

蕎麦湯をいただいたところで、再び住職が姿を現わした。

「おいしく頂戴いたしました。ありがたく存じます」

千吉は礼を述べた。

「お口に合いましたでしょうか」

住職が問うた。

「ええ。蕎麦の香りがして、のど越しがよくて。蕗の薹の天麩羅もおいしかったです」

千吉は満足げに答えた。

「さようですか。古くからつくられてきた蕎麦ですので」

住職は笑みを浮かべた。

「お寺で蕎麦がよく打たれるのには、わけがあるのでしょうか」

千吉はたずねた。

「寺方には、五穀《ごこく》断ちの行がございます。五穀、すなわち、米、麦、粟《あわ》、豆、黍《きび》を断つわけです。蕎麦はそこに含まれておりませんので、身の養いのために古くから食されてきたのです」

住職は分かりやすく説明してくれた。

「なるほど、学びになりました。ありがたく存じます」

これだけで足を運んだ甲斐があったと思いながら、千吉は頭を下げた。

四

次に向かったのは藤乃家だった。

おときと母が住みこみで働いている料理屋だ。

のどか屋や長吉屋のように一枚板の席はなかったが、相席で使える小上がりの座敷はしつらえられていた。千吉は来意を告げ、やや緊張気味に座敷へ上がった。

向こうのほうには、ともに商家の隠居とおぼしい二人の客が陣取っていた。

「お待たせいたしました。締めの若布椀でございます」

女が料理を運んできた。

見世の名にちなんだ藤色の着物と帯だ。着物には品《ひん》のいい子持ち縞《じま》があしらわれている。

「おお、来たね」

「藤乃家の春の名物だから」

客が笑顔で受け取った。

ややあって、おときが母とともに挨拶に出てきた。

「ようこそお越しくださいました。母のとしでございます」

髷に藤の簪を挿した女が一礼した。

「のどか屋の千吉です。どうぞよろしゅうに」

千吉も礼を返す。

「先日はありがたく存じました」

おときが頭を下げた。

こちらの簪には将棋の駒があしらわれている。

「今日は舌だめしを兼ねて来ました」

千吉が笑みを浮かべた。

「厨に伝えてまいります。何がよろしゅうございましょう」

おとしが如才なく問うた。

「いま運ばれてきた名物料理と……あとは何か軽めのものをおまかせで」

千吉は声を落として答えた。

「若布椀ですね」

おとしも小声で言った。

「白魚の天麩羅などもおいしゅうございますよ」

娘将棋指しのおときが勧めた。

「ああ、いいね。それもお願いします。あとはお酒を一本」

千吉は指を一本立てた。

「承知しました」

「少々お待ちください」

母と娘の声がそろった。

「ああ、おいしいねえ。若布がとろとろだよ」

「締めはこれだね」

二人の隠居の声が響く。

千吉は思わずつばを呑みこんだ。

ややあって、盆が運ばれてきた。

燗酒と白魚の天麩羅、それに若布椀だ。

「あとであるじがご挨拶をと」

おとしが伝えた。

「さようですか」

千吉の顔つきが引き締まった。

「どうぞ」

おときが酒をついだ。

「ありがとう。またうちにも来てくださいね」

千吉は表情をやわらげた。

「はい」

おときも笑みを返した。

白魚の天麩羅はさくっと揚がっていた。天つゆではなく、塩だけで食す。江戸の恵みの味だ。

若布椀も評判どおりの美味だった。

若布をとろとろになるまで煮て塩で味を調え、木の芽をあしらっただけの簡便な料理だが、実に深い味わいがする。

感心しながら味わい終えたところで、あるじが現れた。

「ようこそお越しくださいました。お味はいかがでしたか」

きりっとした豆絞りの料理人が訊いた。

「おいしゅうございました。どちらも塩が絶妙で」

千吉は答えた。

「播州赤穂《ばんしゅうあこう》の塩を使わせていただいております」

藤乃家のあるじが笑みを浮かべた。

「ああ、うちも播州赤穂の塩です」

千吉は笑みを返した。

そこからしばらく塩談義が続いた。素材の味を活かし、塩だけで味を調える潮《うしお》仕立ての吸い物は藤乃家の得意料理の一つらしい。

「せっかくですからもうひと品、貝寄せの酢の物などはいかがでしょう」

あるじが水を向けた。

「では、いただきます」

千吉はすぐさま答えた。

「承知しました」

豆絞りの料理人が白い歯を見せた。

五

「貝寄せの酢の物なら、うちでも出せるぜ」

床几に座った長吉が言った。

「なら、そちらも舌だめしを」

千吉が答えた。

藤乃家を出て、観音様にお参りしてから福井町《ふくいちょう》の長吉屋に顔を出したところだ。

「だったら、わたしにもおくれでないか」

一枚板の席に陣取った隠居の季川が言った。

今日はのどか屋ではなく長吉屋のほうだ。

「付き合わせていただきましょう」

隣に座った善屋《ぜんや》のあるじの善蔵《ぜんぞう》が笑みを浮かべた。

元締めの信兵衛が持っている旅籠のうち、ここだけが離れていて浅草に近いところにある。よって、善蔵は長吉屋のほうにだけ顔を出す。

「比べられるのは難儀ですな」

脇板《わきいた》の大吉《だいきち》が言った。

だいぶ前からのれん分けの話が出ていたのだが、おのれで見世を切り盛りするよりは厨づとめのほうが楽だと料簡《りようけん》したらしく、まだ長吉屋にいる。

「おのれの味を出しゃいいんだ」

長吉がぴしゃりと言った。

「へい」

大吉がうなずく。

厨にはもう一人、若い料理人が入っていた。脇板は若布を洗うように指示すると、貝の下ごしらえに入った。

「次の出前の料理は決まったのかい」

隠居がたずねた。

「ここまで来るあいだに、片方は決めました」

千吉が答えた。

「何にするんだい」

長吉が問う。

「次の将棋の競いには、目が見えない新悦さんという按摩さんがお出になります。見た目より、のどか屋の味で勝負をと」

千吉の顔つきが引き締まった。

「そうすると、豆腐飯だね？」

隠居の白い眉がやんわりと下がった。

「ええ。三度の食べ方まではむずかしいかもしれませんが、頃合いを見てお好みの薬味をこちらで手助けしてまぜるようにすればと」

千吉が答えた。

「なるほど。それなら大丈夫だな」

長吉が笑みを浮かべた。

「あとは何を？」

善屋のあるじが問うた。

「これも名物のけんちん汁をと思っています」

千吉は笑みを浮かべた。

「それで一つは決まりだね」

と、隠居。

「ええ。もう一つの膳は師匠にまかせます」

父の時吉のことを千吉は師匠と呼ぶ。長吉は大師匠だ。

「中食だけで帰るのかい?」

隠居がたずねた。

「それは前日の検分のときに相談で。お寺の厨をお借りして、八つどきに汁粉などをお出しすることもできるので」

千吉は答えた。

「仕込んだ餡を持っていけばつくれるからな」

長吉が言う。

「ええ。あとは将棋が長引いたときにおにぎりも」

のどか屋の二代目が答えた。

「なら、将棋が終わるまで詰めてりゃいいや」

長吉が言った。

「たぶん、そうなるかと」

千吉が白い歯を見せた。

ここで肴が出た。

貝寄せの酢の物だ。

赤貝、みる貝、平貝《たいらがい》の貝柱。それぞれを食べやすい大きさに切る。

若布と貝を別々に土佐酢《とさず》で酢洗いをしてから合わせるのが骨法《こつぽう》だ。鉢に新たな土佐酢を入れ、生姜《しょうが》の絞り汁を加える。これであえれば味がぴりっと締まる。

「ああ、おいしい」

食すなり、千吉が言った。

「うまいね」

隠居もうなる。

「酒の肴にもってこいですな」

善蔵はそう言うと、猪口の酒をくいと呑み干した。

「藤乃家のとどっちがうまいですかい」

大吉が問うた。

「いや、甲乙つけがたいですよ」

千吉はすぐさま答えた。

それを聞いて、長吉屋の脇板が安堵《あんど》の笑みを浮かべた。

第八章　まぼろしの歩

一

次の親子がかりの日の中食――。

時吉は飯、千吉は天麩羅と椀物を受け持った。

いい浅蜊《あさり》がたんと入ったので、深川丼《ふかがわどん》にした。椀も浅蜊の味噌汁だ。

天麩羅はかき揚げだ。ここにも浅蜊のむき身が入っている。まさに浅蜊づくしだ。

ちゃりん、ちゃりん……。

浅蜊の殻を椀の蓋に入れる音が涼やかに響く。

「どれもうめえな」

「かき揚げの浅蜊もいいぜ」

そろいの綿入れ半纏の左官衆が言う。

「このかき揚げなら、丼でもいいな」

「おう、たれをたっぷりかけてよう」

近くに陣取っていた植木の職人衆が言った。

「この深川丼もうめえぜ」

「玉子でとじてあったら、なおうまかっただろうがよ」

「それだと値が張るぜ」

「ああ、そうか」

そんな調子で掛け合いながら、左官衆の箸が動く。

それを聞いていた時吉が何かに思い当たったような顔つきになった。

「玉子とじの深川丼でどうだ」

手を動かしながら、千吉に問うた。

「もう一つの勝負めしで？」

こちらも浅蜊汁をよそいながら千吉が訊いた。

「そうだ。選ばれるかどうかは分からないが、目がご不自由な方でも食べやすいだろう」

時吉が答えた。

「いいと思います。運ぶうちにいくらか冷めても、味がしみておいしいので」

千吉がうなずいた。

「汁は同じけんちん汁でもいいだろう」

と、時吉。

「そうですね。豆腐飯か玉子とじの深川丼で」

千吉が張りのある声で言った。

こうして、二つの勝負めしが決まった。

二

二つ目の将棋の競いの前日になった。

千吉は浅草の成願寺へ足を運んだ。かねて聞いていた八つどきだ。

世話役の万年同心とかわら版を受け持つ目出鯛三、それに、大和梨川藩の兵頭三之助はすでに到着していた。時読み係と帳面係の役人もいる。

対局場は本堂の奥のほうにしつらえられていた。

畳が据えられ、その上に将棋盤と駒台、さらに砂時計が置かれている。座布団も何枚か用意されていた。

「相手はそろそろ来るだろう」

万年同心が言った。

「なら、その前に中食の段取りを」

千吉が兵頭三之助のほうを見た。

「何を食わしてくれるのん」

将棋の名手が問うた。

「一つはのどか屋名物の豆腐飯とけんちん汁です。これはいくたびか召し上がっていると思いますが」

千吉が答える。

「そやな。べつにここで食わんでもええような気も」

兵頭三之助は首をひねった。

「もう一つは何でしょう」

目出鯛三が問うた。

「玉子とじの深川丼で。椀物は同じけんちん汁になりますが」

千吉は答えた。

「浅蜊は好物やねん。ほな、そっちにしよか」

兵頭三之助がすぐさま決めた。

「承知しました」

千吉は笑みを浮かべた。

「なら、おれもそっちで頼む」

万年同心が言った。

「そう言うと思ったよ、平ちゃん」

千吉が笑みを浮かべた。

「やつがれも浅蜊のほうで」

目出鯛三も手を挙げた。

時読み係と帳面係はのどか屋名物の豆腐飯を頼んだ。

残るは対戦相手だけだ。

ややあって、駕籠屋の掛け声が響いてきた。

「おっ、来たな」

世話役の表情がぱっと晴れた。

二人乗りの駕籠から下りてきたのは、新悦とその女房だった。

三

「畳がありますので、つまずかないように気をつけてください」

検分に付き添った住職が言った。

「二歩先に」

按摩の女房が言った。

「杖があるから大丈夫だよ」

新悦がそう言って杖を動かした。

「座布団がいろいろあるので、気に入ったものを」

万年同心が言った。

「承知しました。ありがたく存じます」

新悦が頭を下げた。

按摩と言ってもいまだ少壮《しょうそう》で、きりっと引き締まった顔つきだ。

「座布団はこっちのほうがええな。ふかふかや」

兵頭三之助がまず座布団を選んだ。

「長く座ると疲れますからね」

住職が笑みを浮かべる。

「わたくしはいま少し薄いほうが好みなので」

新悦はべつの座布団を選んだ。

続いて、駒の検分に移った。

「できれば、盛り上げ駒でお願いいたします」

新悦が言った。

「ああ、指で触ったら分かるさかいに」

兵頭三之助がうなずく。

「どの駒がどこに置かれているか、頭の中では分かっているのですが、念のために触って確認することもありますので」

目が不自由な棋士が言った。

「大したものですねえ。目隠しをして将棋を指すのと一緒ですから」

目出鯛三が感心の面持ちで言う。

「それから、ご面倒ですが、一手ごとに読み上げをお願いいたします」

新悦が頭を下げた。

「それは時読み係に言ってあるんで」

世話役の万年同心が言った。

「成《なる》と不成《ならず》の違いとか、同じ駒の利きがあるときは五五桂左とか左右をつけたりして区別するとか、細かいとこがあるねんけど、それはこちらも注意して間違《まちご》うてたら直しますさかいに」

兵頭三之助が笑みを浮かべた。

「どうぞよろしゅうお願いいたします」

新悦は再びていねいに頭を下げた。

対局の話はここで一段落ついた。次は中食だ。

「横山町の旅籠付き小料理屋、のどか屋の二代目の千吉と申します。中食は温石入りの倹飩箱にて運ばせていただきます」

千吉はまずそう挨拶してから続けた。

「中食には二種を用意させていただきますので、どちらかをお選びください。まず一つ目は、玉子とじの深川丼です。浅蜊をふんだんに入れ、玉子でとじてあります。これに具だくさんのけんちん汁が付きます」

千吉はさらに続けた。

「いま一つは、のどか屋の名物料理の豆腐飯です。毎日つぎ足しながら使っている命のたれをだしに加え、ことことじっくりと煮た豆腐をほかほかのご飯の上に乗せます。初めは匙で豆腐だけすくって食し、しかるのちにわっとまぜて召し上がっていただきます。さらに、もみ海苔や炒り胡麻や刻み葱やおろし山葵などの薬味をまぜて食せば、味が変わってえもいわれぬおいしさになります。こちらも具だくさんのけんちん汁が付きます」

千吉は身ぶりもまじえながらさらに伝えた。

「聞いているだけでつばが出てまいりました」

新悦が言った。

「これを目当てにのどか屋に泊まる客もたくさんいるくらいで」

世話役が言葉を添える。

「では、わたくしは豆腐飯のほうで。女房の分もできればお願いいたします」

新悦が言った。

「承知いたしました。気を入れてつくらせていただきます」

千吉の言葉に力がこもった。

これで段取りがすべて整った。

四

幸いにも雨は降らなかった。

豆腐飯と玉子とじの深川丼、それにけんちん汁。両手に倹飩箱を提げた千吉はのどか屋を出て浅草の成願寺へ向かった。

途中でつまずいてこけたりしたら台なしになるから、慎重に歩を進めた。

無事、将棋の競いの場に着いたときは、心底ほっとした。

「のどか屋でございます。中食をお持ちしました」

千吉が張りのある声で告げた。

「おう、ご苦労さん」

世話役の万年同心が労をねぎらった。

「やっと着いたよ、平ちゃん」

安堵の表情で千吉が答えた。

「なら、冷めないうちに中食にしますかな」

目出鯛三が待ちかねたように言った。

「では、ここで中食の休みに入ります」

万年同心が右手を挙げた。

時読み係がさっと動き、手番だった新悦の砂時計のつなぎ目に板を入れる。

張り詰めていた気が少しゆるんだ。

「ここからが勝負やな」

盤面を見た兵頭三之助が独りごちた。

相矢倉《あいやぐら》の駒組みから、いくさが始まっていた。

中央をどちらが制圧するか、端もからんだ難解な戦いだ。

「おまえさん、ご飯に」

額に手を当てて思案していた新悦に向かって、女房が言った。

「そうだな」

按摩は手を離すと、ふっと一つ息をついた。

対局場からいくらか離れたところに中食の場がしつらえられていた。両対局者の席を離すなど、細かい配慮がなされている。

ほどなく腹ごしらえになった。

「こら、うまい」

　玉子とじの深川丼に舌鼓を打った兵頭三之助が満足げに言った。

「うめえな」

　万年同心もうなる。

　一方の新悦は、まず匙で豆腐だけすくって食し、しかるのちにわっと飯とまぜて口に運んだ。

「おいしいね」

　按摩の口から声がもれた。

「ほんとにそうだね、おまえさん」

　女房も和す。

　けんちん汁も大好評だった。

「こら、力が出るわ」

　兵頭三之助が笑みを浮かべる。

「将棋のすべての駒が入っているみたいですな」

　新悦が将棋指しらしい感想をもらした。

　さらに、薬味を少しずつ投じ入れて豆腐飯を食す。

「味が変わりましたね。おいしいです」

新悦が感に堪えたように言った。

「ほんと、びっくりするくらい」

按摩の女房の顔に驚きの色が浮かんだ。

そんな調子で、千吉が運んだ中食は好評のうちにすべて平らげられた。

五

「では、対局を再開してください」

世話役の万年同心から合図を受けた時読み係が告げた。

ややあって、新悦が着手した。

「五五歩」

駒を慎重に動かしてから、指し手を読み上げる。

兵頭三之助がうなずいた。

しばらく考え、駒をつかんだ。

「同銀や」

今度は新悦がうなずいた。

その後も白熱の戦いが続いた。五筋で駒柱《こまばしら》（上から下まで駒が並んで立つこと）ができそうな勢いだ。

「ちょっと来てくれ」

万年同心が小声で千吉に声をかけた。

「何でしょう」

だいぶ離れたところで、千吉がたずねた。

「この調子だと時読みになるだろう。そうなったら、按摩さんには難儀だ」

万年同心が声を落として言った。

「なるほど、十数えるあいだに指さなければいけないから」

と、千吉。

「そこで、時読み係が代わりに駒を動かすことにしようかと思う。按摩さんは『五五歩』みたいに符号を読み上げるだけだ」

「すると、時読み係は……」

千吉はおのれの胸を指さした。

「読むな」

万年同心はにやりと笑ってから訊いた。

「やってくれるか」

千吉は対局場のほうをちらりと見て答えた。

「分かったよ、平ちゃん」

世話役はのどか屋の二代目の肩をぽんとたたいた。

これで話が決まった。

六

その後も戦いは続いた。

双方の駒台に多くの駒が載った。

「難儀や。こら難儀や」

兵頭三之助は「一歩千金」と記された扇子をせわしなく煽いだ。

新悦は眉間《みけん》に指を当てて思案に沈んでいる。頭の中に将棋盤があり、あれやこれやと駒を動かしながら検討しているのだろう。

そうこうしているうちに、八つどきになった。

「お八つにしますか」

世話役の万年同心が問うた。

「そうですな。甘いもんが食いたい」

やや疲れた表情で、兵頭三之助が言った。

新悦がふっと息をつき、湯呑みに手を伸ばした。

「揚げ蕎麦に砂糖をまぶしたものをお持ちしますので」

千吉が言った。

寺の厨を使い、折を見てつくっておいたものだ。ひそかに前日に打ち合わせておいた。

ほどなく、揚げ蕎麦と茶のお代わりが運ばれてきた。

「のちほど、おにぎりをお出しできます。このたびは昆布と梅干しですが、ご所望はございますか」

千吉が問うた。

「ほな、両方もらおか」

兵頭三之助が言った。

「わたくしはまだ豆腐飯が腹にたまっておりますので」

新悦は胃の腑に手をやった。

「承知しました。では、兵頭様にのみお持ちします」

千吉が頭を下げた。

「すまんな」

眼鏡をかけた棋士が軽く右手を挙げた。

砂糖をまぶした揚げ蕎麦は大好評だった。

「これはのどか屋でも出せばどうでしょう」

目出鯛三が水を向けた。

「わらべは喜ぶだろうからな」

万年同心がそう言って、揚げ蕎麦をさくっとかんだ。

「これはほんとに香ばしくておいしいです」

一つ味見をした按摩の女房が笑みを浮かべた。

「この甘さが頭にええねん」

兵頭三之助がそう言って、また一つ揚げ蕎麦を口に運んだ。

そんな具合で、八つどきにひと息入り、両者はまた盤面に集中した。

七

押しては引き、引いては押す。

受けては攻め、攻めては受ける。

その後も一進一退の戦いが続いた。

もはや終盤戦だ。

詰むや詰まざるやの局面が近い。

新悦が時読みになる前に、千吉は握り飯をつくって兵頭三之助に出した。

昆布の佃煮と梅干しはのどか屋から持参した。飯と海苔と塩は寺のものを使い、手際よく供すると、兵頭三之助はさっそく手に取って口に運んだ。

言葉は発せられなかった。じっと局面を見つめている。盤上没我《ばんじょうぼつが》だ。

砂は容赦なく落ちていった。

「兵頭様、持ち時が切れましたので、これより一手、十数えるうちに指していただきます」

時読み係が無情に告げた。

「えらいこっちゃ」

兵頭三之助は額に手をやった。

「……七、八」

容赦なく時が読まれる。

兵頭は駒音高く着手した。

「八二馬」

時読み係が読みあげる。

帳面係の筆が素早く動いた。

「わたくしの持ち時は?」

新悦が口早に問うた。

「まもなく切れます」

時読み係が答えた。

千吉は胸に手をやった。

新悦の持ち時が切れたら、おのれが時読みを替わらねばならない。どれくらいの速さで数を読めばいいか、唇だけ動かしながら学ぶことにした。

「そうか」

新悦が独りごちた。

頭の中の将棋盤の上で、駒がめまぐるしく動く。

霧がはれ、光明が見えた。

受けきるのはむずかしい局面だが、持ち駒は豊富だ。一気に詰ますことができるかもしれない。

新悦はぐっと気を集めた。

ここで砂が落ちきった。

「新悦様、持ち時が切れましたので、これより一手、十数えるうちに指していただきます。なお、着手はわたしが担い、時読み係が替わります」

役人が告げた。

万年同心が目配せをする。

千吉は急いで座敷に上がった。

八

「……六、七、八」

千吉が時を読む。

心の臓の音が聞こえるかのようだった。なにぶん初めてだし、いちばんの勝負どころだ。おのずと鳴りが早くなる。

「二三歩打《うつ》」

新悦が符号を読み上げた。

時読み係が駒台の歩を打つ。

時があれば、どの駒かたしかめてから、符号を発しつつ枡目に着手することができる。いくらかずれても相手が直してくれる。

しかし、十の時読みでは無理だ。思案をまとめて符号を発するだけで精一杯だった。

「同玉や」

兵頭三之助が玉頭《ぎょくとう》に打たれた歩を取った。

これは取るしかない。

下がればたちどころに詰む。

「……六、七、八」

千吉が時を読む。

「二四歩打」

新悦の声が高くなった。

その女房が胸に手をやった。見守っているほうも気が気ではない。

「これも、同玉」

兵頭三之助の玉が四段目に出てきた。

玉は下段《げだん》に落とせ、という格言がある。

これも下がれば詰む。

「……七、八、九」

千吉はそこまで読んだ。

九の次はもう十しかない。

心の臓が縮むかのようだった。

「二五歩打」

新悦が意を決したように言った。

玉頭の歩の連打だ。

「また来よったか」

兵頭三之助は前かがみになった。

詰むや、詰まざるや。

取るか、引くか。

二つに一つだ。

「同玉！」

兵頭三之助が叫んだ。

歩の連打で吊り上げられた兵頭の玉は孤立無援になった。その命は風前の灯《ともしび》だ。

ここが決めどころだ。

新悦は眉間に指をやった。

詰む。

駒を一枚も余らせることなく、ぴったり詰む。

盲目の棋士はそう確信した。

「……六、七、八」

千吉が時を読む。

「二六歩打」

九を読まれる前に、新悦は声を発した。

「えっ」

驚きの声があがった。

声を発したのは、駒を動かす役の時読み係だった。
駒台には、もう歩が一枚もなかった。
金銀桂が一枚ずつしか載っていない。
打つべき駒がなかった。
「歩はもうないで、新悦はん」
兵頭三之助が告げた。
「えっ」
今度は新悦が声をあげた。
これまで激しい駒のやり取りをしてきた。歩だけでも目まぐるしい応酬があった。
そのために、駒台の歩の数を間違えてしまったのだ。
千吉はおろおろしていた。
時読みを続けていいものかどうか、とっさに判断がつきかねた。
世話役の万年同心の顔にも動揺の色が浮かんだ。
新悦は額に手をやった。
そして、声を発した。
「……負けました」

潔くそう告げて頭を下げる。
歩がもう一枚あれば、ぴったり詰む。
その読みは正しかった。
しかし……。
それは、まぼろしの歩だった。
その駒がなければ、兵頭の玉は詰まない。
新悦の玉に受けはない。
かくなるうえは、投了もやむをえなかった。
「迄、一三二手にて、兵頭様の勝ちでございます」
帳面係に確認してから、時読み係が告げた。
対局は、意外な幕切れになった。

第九章　桜鯛の季《とき》

一

桜の季節になった。

花見弁当の注文も入るため、のどか屋の厨はしばらく大忙しだった。

そんな日の二幕目に、大和梨川藩の面々が現れて座敷に陣取った。

藩主の筒堂出羽守、将棋の競いで勝利を収めた兵頭三之助、それに、二刀流の達人の稲岡一太郎だ。

「次に勝てば御城将棋だ。気張ってやれ」

お忍びの藩主が兵頭三之助に言った。

「はい。今度は御城の書院で指すそうなので、また緊張しそうですわ」

将棋の名手が答えた。

「あのときの時読みは心の臓が鳴りましたよ」

千吉が厨から言った。

「こっちも倒れるかと思《おも》たくらいで」

兵頭三之助は胸に手をやった。

「次は出前がないので、ほっとしたような、寂しいような」

手を動かしながら、千吉が言った。

「そら、指すほうは寂しいで」

兵頭三之助が笑みを浮かべた。

「御城で指すなら、飯の心配は要るまい」

と、藩主。

「将棋に気を集めてやりますんで」

分厚い眼鏡をかけた男が答えた。

「相手はもう決まっているのでしょうか」

稲岡一太郎が問うた。

「まだ聞いておらぬが、万年が動いてくれている。期日も早晩決まるであろう」

筒堂出羽守が答えた。

ここで酒と肴が出た。

肴はこの時季に最もうまい鯛の刺身だ。季《とき》に合わせて桜鯛とも呼ばれる。

「兜焼《かぶとや》きもお持ちしますので」

千吉が笑顔で言った。

「鯛づくしだな」

藩主が言う。

「締めの鯛茶までごゆっくりどうぞ」

のどか屋の二代目が笑みを浮かべた。

「そうさせてもらおう」

快男児が白い歯を見せた。

二

桜吹雪が大川の水面《みなも》を彩り、花筏《はないかだ》がゆるゆると流れる。

そんなうららかな日、のどか屋に嬉しい知らせがもたらされた。

手伝いのおちえが、巴屋に長逗留していた客に見初《みそ》められ、晴れて一緒になることになったらしい。

「それはそれは、おめでたいことで」

おちよが満面の笑みで言った。

「ありがたく存じます。代わりの人が見つかるまで、ちゃんとつとめさせていただきますので」

おちえは笑みを返した。

「お相手はどういう方だい？」

時吉がたずねた。

今日は親子がかりの日だからのどか屋にいる。

「行徳《ぎょうとく》の船宿の二代目なんです。そのうちご挨拶に来たいと言っています」

おちえは答えた。

「ならば、うちとは親戚筋みたいなものだ」

と、時吉。

「船宿ということは料理も出すの？」

千吉が問うた。

「ええ。船を出してお客さまをご案内することもあるけれど、お料理は陸《おか》のお座敷や泊まり部屋でお出しするので」

おちえが笑みを浮かべた。

「では、祝言の宴はそちらで？」

今度はおようがたずねた。

「はい。こちらじゃなくてすみません」

おちえが頭を下げた。

「いえいえ。なら、代わりの人が見つかったら、送りの宴をやりましょう」

おちよが言った。

「旦那さまも一緒に」

おようが和す。

「伝えておきます」

と、おちえ。

「いずれ舌だめしを兼ねて行くので。魚がおいしそう」

千吉が笑顔で言った。

「獲れたての魚料理が看板なので、ぜひ」

おちえはすぐさま答えた。

「魚は獲れたてがいちばんだ。学んでこい」

時吉が言った。

「はい、師匠」

千吉がいい声で答えた。

三

翌日の二幕目――。

黒四組の面々がつれだってやってきた。

「今日は打ち上げでな」

かしらの安東満三郎が言った。

「捕り物が終わったので」

室口源左衛門《むろぐちげんざえもん》が髭面をほころばせた。

日の本の用心棒の異名を取る頼りになる男だ。

「すると、捕り物が終わったと？」

おちよが訊く。

「ええ。昨夜はいい汗をかきました」

井達天之助《いだてあまのすけ》が白い歯を見せた。

その名にかけた韋駄天 侍《いだてんざむらい》の異名をとる脚自慢で、つなぎ役としてほうぼうを走り回っている。

「おれらだけで召し捕ったわけじゃねえけどよ。火盗 改 方《かとうあらためかた》と町方にも気張ってもらった」

座敷に陣取ったあんみつ隠密が言った。

「悪党を捕まえたんだね、平ちゃん」

千吉が笑顔で言った。

「おう。徒党を組んでただの壺を法外な値で売りつけてたやつらを一網打尽《いちもうだじん》だ」

万年同心が力こぶをつくってみせた。

「悪党のなかにゃ本物の坊主もいて、障《さわ》りを除くにはこの壺を買うしかねえと迫ってたんだから恐れ入谷《いりや》の鬼子母神《きしぼじん》だぜ」

黒四組のかしらは地口《じぐち》をまじえた。

「まあ、何にせよ、悪い人たちが捕まって何よりで」

おちよが笑みを浮かべた。

「中食の鯛飯を多めに炊いたのでお出しできますが」

千吉が水を向けた。

「お代わりは、だし茶漬けでぜひ」

おようも和す。

「そりゃいいな。腹が減ってたんで」

室口源左衛門がすぐさま言った。

「わたしもいただきます」

韋駄天侍も乗る。

「おれの茶漬けは半《なか》ば味醂でいいぞ」

あんみつ隠密がそう言ったから、万年同心がうへえという顔つきになった。

鯛飯が来た。

箸を動かしながら、さらに話が弾む。

「将棋の競いのほうはそろそろ次の対局か？」

安東満三郎が万年同心に訊いた。

「二十日に御城の書院という段取りで、対戦相手もやっと決まったところで」

世話役が答えた。

「相手はどういう方で？」

おちよが問うた。

「将棋家の若き名手で、伊藤印寿《いんじゅ》という男だ。まだ二十歳だが強いらしい」

万年同心が答えた。

「兵頭様は勝てそう？」

千吉がたずねた。

「強敵だが、ここで勝てば御城将棋だ。気合が入ってるだろうよ」

万年同心が答えた。

「勝っても負けてもここで打ち上げだな」

あんみつ隠密が言った。

「気張ってつくりますんで」

のどか屋の二代目がいい声で答えた。

四

娘将棋指しが再びのどか屋ののれんをくぐってきたのは、それから三日後のことだった。

このたびは一人ではなかった。母のおとしも一緒だった。

今日は月に一度の休みだ。母と娘は住み込みで働いている浅草の藤乃家からわざわざたずねてくれた。

「ようこそお越しくださいました。ゆっくりしていってくださいまし」

おちよが笑顔で言った。

「ええ。前は二代目さんがうちにお越しいただいたので、今日はおいしいものをいただきに」

母が笑みを浮かべた。

「今日はいい穴子が入ってますので」

千吉が厨から言った。

「穴子は好物です」

おときがすぐさま答えた。

「なら、穴子づくしで」

千吉は笑顔で答えた。

中食の顔は穴子の筏揚げだった。これに豆腐汁と小鉢がつく。

二幕目に出すなら一本揚げだが、中食の膳に乗りきらないため、いくつかに切って筏の丸太のように積み重ねている。ゆえに筏揚げだ。

千吉がまず出したのは煮穴子だった。

すでに下ごしらえは終えている。

穴子は湯どおしをし、冷たい井戸水に取る。それから包丁の背でぬめりをていねいにこそげ取る。この下ごしらえがあるからこそ、うまい煮物になる。

だしは水に酒、味醂に醤油に砂糖。

鍋にだし昆布を敷いてから煮汁を張り、穴子と長葱の青いところを加えて煮る。鍋を斜めにして穴子にかぶるようにしながら煮つめていき、煮汁が半分ほどになれば頃合いだ。器に盛り、おろし生姜を添える。

「……おいしい」

おときの顔に笑みが浮かんだ。

「やさしいお味ね」

母も満足げな顔つきだ。

続いて、穴子の一本揚げを供した。

中食と違って、遠慮はいらない。皿からはみ出る見事な一本揚げが出た。

「わあ、まっすぐ」

おときが声をあげた。

「これだけでおなか一杯になりそう」

と、おとし。

ここでおようがおひなとともに顔を見せた。万吉は大松屋の升吉や近所のわらべとともに遊んでいるらしい。

「うちの小さな看板娘です」

千吉が言った。

「まあ、かわいい。おいくつ？」

おとしが訊く。

「三つ」

おひなが指を三本立てたから、のどか屋に和気が漂った。

「ずっと住み込みだと大変ですね。月に一度のお休みにうちへ来ていただいて」

おちよが言った。

「いえいえ、楽しみにしていましたので」

おとしはそう言うと、穴子の一本揚げを天つゆにつけてさくっとかんだ。

「来てよかったです。おいしい穴子が食べられたので」

娘将棋指しも続く。

「でも、この調子でずっと住み込みだと、この子が縁遠くなってしまうんじゃないかと気がかりで」

母がいくぶん案じ顔でおときを見た。

「さようですか」

おちよは若おかみのおようの顔をちらりと見てから続けた。

「うちの手伝いの娘さんに縁談があって、代わりの人が見つかり次第やめることになっているんです。もしよろしければ、うちで働いてみてはいかがでしょう」

おちよはそう切り出した。

「わたしがのどか屋さんで？」

おときの顔に驚きの色が浮かんだ。

「ええ。中食のお運びに加えて、旅籠の泊まり客の呼び込みもあります。そんなに多くの手間賃は出せないのですが、元締めさんが安い長屋を紹介してくださると思うので」

　おちよがさらに言った。

「おときちゃんなら、将棋を教えればいいよ。毎日ってわけにはいかないけど、日を決めて座敷に将棋盤を置いて、一局いくらで教えれば実入りになるよ」

　千吉が知恵を出した。

「ああ、それはいいかも」

　おようがすぐさま乗る。

「将棋盤は大和梨川藩にお願いすれば、回していただけるかも」

　おちよが段取りを進める。

「きっと評判になるよ」

　千吉が太鼓判を捺《お》した。

「それから、うちのお手伝いの娘さんは代々、良縁に恵まれることで定評があるんです」

　おちよが笑みを浮かべた。

「そうそう。そもそも、わたしがそうですから」

おようがおのれの胸を指さした。

「それなら、おまえはこちらで働かせてもらうかい？　わたしは藤乃家の古顔で教え役もあるから無理だけれど」

母が訊いた。

「もしよろしければ、あの、お手伝いと将棋の指南の両方で」

娘将棋指しが答えた。

「よし、決まった」

千吉が両手を打ち合わせた。

「藤乃家のお許しを待たなければなりませんので、また改めてご挨拶に」

おとしが頭を下げた。

「お待ちしています。いまのおちえちゃんと引き継ぎがてら顔合わせも」

おちよが笑顔で言った。

「ねこ、きた」

おひなが突然指さした。

以前は「にゃーにゃ」だったのだが、いつのまにか呼び方が変わっている。

表から帰ってきたのは、小太郎とこゆきのきょうだいだった。歳は離れているが、いたって仲がいい。

「なら、次は顔合わせの宴に」

千吉が言った。

「おちえちゃんの旦那さまとの顔合わせもしたいから、忙しいわね」

と、おちよ。

「そういう忙しさはありがたいことで」

猫じゃらしを振りだしたおひなを見ながら、おようが言った。

「今日はほんとに来てよかったです」

おとしがそう言って、残りの一本揚げを胃の腑に落とした。

「わたしもあと少しで」

おときも箸を伸ばした。

「お茶漬けも甘いものもできるから、ゆっくりしていって」

千吉が言った。

「はい」

娘将棋指しが笑顔で答えた。

五

「まあ、それはよかったです」

おちえの顔がぱっと輝いた。

翌日の中食の前だ。

「五日後にまたお休みをもらって、おときちゃんだけうちへ来てくれる段取りになったから、そのときに引き継ぎを」

おちよが言った。

「承知しました。泊まり客の呼び込みのやり方も教えなきゃ」

おちえが笑顔で答えた。

行徳のほうからは文《ふみ》が来て、近々、船宿のあるじと跡取り息子、すなわちおちえと夫婦になる若者がのどか屋を訪れてくれるらしい。

「あと少しだけど、よろしくにね」

おちよが言った。

「はいっ」

おちえがいい顔つきで答えた。

二幕目には着流しの武家がやってきた。

筒井堂之進と名乗るお忍びの藩主、筒堂出羽守だ。

「そろそろ初鰹《はつがつお》の季ではないのか」

厨に向かって、快男児が問うた。

「値の張る料理屋さんでは出ているでしょうが、うちではまだで」

千吉が答えた。

「あと少しすればお出しできると思います」

おちよが言う。

「今日のところは鯛の天麩羅でご勘弁を」

と、千吉。

「おう、それもうまそうだ」

お忍びの藩主は笑みを浮かべた。

「兵頭様の将棋の競いはもうそろそろですね」

酒を運んできたおちよが言った。

「将棋盤の前に長く座って、棋書を繙いたりしているらしい」

筒堂出羽守が答えた。

「気合が入ってますね」

千吉が言った。

「次に勝てば御城将棋だからな。おのずと気合が入ろう」

筒井堂之進と名乗る男が答えた。

「ところで、一つお願いがあるのですが」

酒をついでから、おちよが切り出した。

「何だ」

藩主が問う。

「そちらのお屋敷に将棋盤と駒が一式余っていないでしょうか。もし余っていたらお借りして、将棋の指南があるときだけ使わせていただきたいのです。兵頭様と競ったおときちゃんが、縁談があってやめるおちえちゃんの代わりにうちの手伝いに入って、日を決めてここで将棋の指南もしたいと言っているもので」

おちよは座敷を指さした。

「そうか。それは良いことだ。さぞや評判になろう。盤駒には余りがあるはずだから、そのうち運ばせよう」

大和梨川藩主はそう言うと、猪口の酒をくいと呑み干した。

「ありがたく存じます。助かります」

おちよが頭を下げた。

ここで天麩羅が揚がった。

千吉が運ぶ。

「お待たせいたしました。鯛の天麩羅でございます」

からりと揚がった天麩羅と天つゆを、のどか屋の二代目が一枚板の席に置いた。

「おう、来た来た」

快男児はさっそく箸を取った。

鯛の天麩羅を天つゆにつけ、豪快にがぶりとかむ。

「……うまい」

お忍びの藩主が笑顔で言った。

「ありがたく存じます」

見守っていた千吉が厨から笑みを返した。

六

おときが引き継ぎに来た。

その日は親子がかりだった。

時吉が焼き飯、千吉がけんちんうどんを受け持つ。もちろん、どちらも具だくさんだ。

仕込みの最中におときが姿を現わした。

ほどなく、おけいとおちえも来た。互いに挨拶をし、支度が整った。

「とにかく落ち着いてね」

おけいが言った。

「はい」

おときが緊張の面持ちでうなずいた。

「猫がちょろちょろするから気をつけてな」

時吉が土間にいたふくとろくを指さして言った。

「急がなくていいから、落ち着いて」

おちよが言う。

「なら、ご案内の稽古を」

千吉が水を向けた。

「だったら、わたしが手本を」

おちえが指南役を買って出た。

「お客さまの役をやってごらん、万吉」

おようが三代目に言った。

「どうやるの？」

わらべが問う。

「ただ入ってくるだけでいいから」

「うん」

万吉は言われたとおりにした。

「いらっしゃいませ。空いているところにどうぞ」

おちえが笑顔で身ぶりをまじえた。

万吉は一枚板の席にちょこんと座った。

「一枚板の席とお座敷、それに、中食は土間に茣蓙《ござ》も敷くから」

おけいが説明する。

「運ぶときに気をつけて。『前を失礼します』と声もかけて」

おちよが言った。

「分かりました」

おときがうなずいた。

「やっているうちに、だんだん分かってくるから」

時吉が言った。

「すぐ慣れるよ」

千吉が笑みを浮かべた。

ややあって、のれんが出た。

いよいよ中食の始まりだ。

「おう、一番乗りだ」

「座敷に上がるか」

なじみの大工衆がにぎやかに入ってきた。

「今日は親子がかりだからな」

「腹一杯になるぜ」

「いつもそうだがよ」

負けじと植木の職人衆も続く。

「いらっしゃいまし」

「空いているところへどうぞ」

おけいとおちえの声が響く。

「いらっしゃいまし」

おときも控えめに声を発した。

膳は次々にできあがった。

今日は三人で運ぶ。おようは勘定場で、おちよは表で案内だ。

「はい、お願いします」

千吉がおときに膳を渡した。

「落ち着いてな」

時吉が声をかける。

おときは一つうなずいてから一枚板の席に膳を運んだ。

「お待たせいたしました。前を失礼します」

声が出た。

「おっ、見慣れねえ顔だな」

植木の職人衆の一人が言う。

「わたしの代わりに入ってくれるおときちゃんで」

いったん膳を運び終えたおちえがすかさず言った。

「新顔かい」

「おめえさんはやめちまうのか？」

隣の男がたずねた。

「ええ。行徳の船宿さんへ嫁入りすることになりまして」

おちえが笑顔で答えた。

「そうかい。そりゃめでてえこって」

「何ていう船宿だい？」

客の一人が問うた。

「東屋《あずまや》です。行徳にお越しの節はよしなに」

おちえは如才なく言った。

「おう、そりゃ行くぜ」

「めでてえこった」

「向こうでも気張ってやんな」

気のいい職人衆が口々に言った。

中食の客は次々にのれんをくぐってきた。

「いらっしゃいまし。空いているところへどうぞ」

初めは控えめだったおときの声はだんだんに大きくなってきた。

その様子を見て、時吉と千吉はうなずき合った。

今日はお試しの働きだが、これなら大丈夫だ。

「中食、あとお三人です」

表でおちよの声が響いた。

「今日もうまかったぜ」

「腹もいっぱいだ」

食べ終えた客の顔に笑みが浮かぶ。

「毎度ありがたく存じました」

おようが笑顔で答えた。

「ありがたく存じました」

おときも堂に入った口調で和した。

第十章　大関《おおぜき》かき揚げ

一

のどか屋の中食に鰹が出た。

鰹の梅たたき膳だ。

のどか屋にとっては初鰹になる。五十文と平生より割高の値になったが、待ちわびていた客も多く、好評のうちに滞りなく売り切れた。

二幕目に入る前に、元締めの信兵衛がやってきた。

「おときちゃんは、そろそろ来る頃合いかい？」

おちよに向かって問う。

「ええ。藤乃家さんで引き継ぎが終わったら、身の回りの品を持って来てくれることに」

　のどか屋のおかみが答えた。

「呼び込みの要領も分かったと思うんで」

　厨から千吉が言った。

　前回、中食の手伝いに来たおときは、両国橋の西詰で呼び込みの稽古もした。親子がかりの日だったから、千吉も久々に呼び込みに出た。おときは初めこそ慣れない様子だったが、終《しま》いには声も出るようになった。

「巴屋との顔つなぎも終わったし、長屋も決まってるからね」

　元締めが笑みを浮かべた。

「同じような娘さんがいる長屋でしたね」

　と、おちよ。

「そう。おっかさんと一緒に同じ年ごろの娘が暮らしているから、ちょうどいいと思うよ。ここからそう遠くないし」

　信兵衛が言った。

「それだと安心です」

　千吉が言った。

「着物と帯もそろそろ仕上がるだろう。支度は万端だ」

信兵衛は軽く両手を打ち合わせた。

元締めはほどなく腰を上げて見廻りに出た。

いくらか経って、表で人の気配がした。

「あっ、あの声は……」

おちよが気づいた。

噂をすれば影あらわると言われる。

のどか屋に姿を現わしたのは、おときだった。

ただし、一人ではなかった。

母のおとし、それに、藤乃家のあるじも一緒だった。

二

「ちょいと挨拶がてら、何か舌だめしをと思いまして」

今日も豆絞りの料理人が言った。

藤乃家のあるじの宇太郎《うたろう》だ。

「さようですか。今日から鰹を出しはじめたのですが」

おちよが厨のほうを見た。

「竜田揚げなら、頭数《あたまかず》分は出せるよ」

千吉がそれと察して答えた。

「では、それをいただきましょう」

藤乃家のあるじが言った。

「承知しました」

千吉の表情が引き締まった。

「ちょっと寂しくなりますね」

おちよがそう言って、娘の見送りがてらやってきたおとしに茶を出した。

「いえいえ、またお休みの日に来させていただきますので」

おとしが笑みを浮かべた。

「いままで気張ってくれたので、休みは月に二度に」

宇太郎が言った。

「ありがたいことで」

おとしが頭を下げた。

「おちえさんはまだこちらに？」

おときがたずねた。

「ええ。行徳から文が来て、今日明日にでも二代目さんが見えるそうで、一緒に帰るという段取りで」

おちよが答えた。

「なら、ご挨拶できますね」

娘将棋指しが笑顔で言った。

竜田揚げができた。

醤油と酒におろし生姜と長葱のみじん切りをまぜたつけ汁に鰹の切り身をつけ、汁気を切ってから片栗粉をまぶし、からりと揚げる。これものどか屋ではよく出る料理だ。

「お待たせいたしました」

千吉が運ぶ。

「品《ひん》のいい盛り付けだね」

藤乃家のあるじが言った。

「ありがたく存じます」

まだいくぶん硬い顔つきで、千吉が頭を下げた。

舌だめしに移る。

いくらか離れたところから、千吉がじっと見守る。

「うん」

宇太郎が一つうなずいた。

「ちょうどいい塩梅《あんばい》だ」

その言葉を聞いて、千吉の表情がぱっと晴れた。

「おいしいです」

おときが言う。

「来てよかったですね」

その母も和した。

「ありがたく存じます」

千吉は満面の笑みで一礼した。

三

行徳の船宿の二代目がやってきたのは、翌る日の中食の前だった。

東屋の礼吉《れいきち》だ。

「おちえがお世話になりました」

容子《ようす》のいい若者が頭を下げた。

「まあ、おちえちゃんとお似合いで」

おちよが笑みを浮かべた。

「吉がついてるから、身内みたいなものだね」

時吉が言った。

今日は親子がかりの日だ。評判のいい焼き飯に、鰹のあぶりとけんちん汁もつく。

「まずは中食を」

千吉が厨で手を動かしながら言った。

「楽しみで」

礼吉が白い歯を見せた。

「豆腐飯も楽しみにしてるんです」

と、おちえ。

「今日は泊まらせてもらうんで」

船宿の二代目が言った。

「なら、明日の朝、一緒にお帰りで？」

おちよがたずねた。

「そうさせてもらいます」

礼吉がまた頭を下げた。

「だったら、最後のお運びね」

おちよが言った。

「ええ。気張ってやります」

おちえが軽く二の腕をたたいた。

「そろそろ膳を出せるから、皮切りは旦那に」

時吉が水を向けた。

「承知しました」

おちえは笑顔で答えた。

ほどなく、のれんが出た。

待ちかねたように、なじみの左官衆が入ってきた。

「おっ、もう客がいるじゃねえかよ」

一枚板の席で箸を動かしている礼吉を見て、左官の一人がややいぶかしげに言った。

「こちらは、おちえちゃんと夫婦になる方で」

おちよが紹介した。

「行徳の船宿、東屋の二代目です。行徳へお越しの節は、ぜひお立ち寄りくださいまし」

礼吉は如才なく言った。

「ほう、そうかい。そりゃめでてえこって」

「男前じゃねえかよ」

「似合いでいいや」

左官衆が口々に言った。

「ありがたく存じます」

礼吉が答える。

「では、今日はお座敷に」

おちえが身ぶりをまじえた。

「おう、上がらせてもらうぜ」

「お運びも終いかい？」

客が問う。

「ええ。次は行徳の船宿で」

おちえは笑顔で答えた。

客は次々にやってきた。

「ああ、うまかった」

食べ終えた礼吉が箸を置いた。

「厨に入ってみるかい？」

時吉が言った。

「そうですか。そりゃ、学びになるんで」

船宿の二代目は乗り気で答えた。

「豆腐飯も覚えたいと」

膳を一つ運び終えたおちえが言った。

「ああ、いいよ。明日早起きしてくれ」

時吉がすぐさま答えた。

「承知で」

礼吉はいい声で答えた。

四

「朝の豆腐飯でございます」

そう言って膳を差し出したのは、行徳の船宿の二代目だった。

「さっそく覚えたのかい」

隠居の季川が受け取った。

昨日は療治の日だったから、いろいろと話をしてすっかりなじんでいる。

「はい。おちえから聞いてはいたんで」

礼吉が笑みを浮かべた。

「筋《すじ》がいいから、すぐ覚えましたよ」

時吉が言った。

「これでもう船宿の名物料理で」

千吉が手を動かしながら言った。

「朝獲れの魚の刺身と漁師汁、それに豆腐飯がつきゃ、言うことなしですよ」

礼吉が満面の笑みで言った。

「聞いただけでおいしそうだね」

隠居の白い眉がやんわりと下がった。

「向こうでも気張って出します」

おちえがいい声で言った。

「あんまり初めから気張りすぎないでね」

と、おちよ。

「ええ、ありがたく存じます」

今日でつとめを終える娘が頭を下げた。

朝の膳が終わると、おちえと礼吉は行徳へ向かう支度を整えた。

「では、長々とありがたく存じました」

おちえがていねいに一礼した。

「体に気をつけてね。これは少ないけれど」

おちよが餞別《せんべつ》を渡した。

「まあ、こんなものまで」

おちえは少しあいまいな顔つきになった。

「祝言の分もあるから」

時吉が言う。

「さようですか。では、ありがたく頂戴します」

おちえの表情が晴れた。

「ありがたく存じます」

船宿の二代目も頭を下げる。

「いずれ舌だめしに行きますから」

千吉が言った。

「それはぜひ」

礼吉が笑顔で答えた。

「なら、お達者でね」

いつも一緒に呼び込みをしていたおけいがおちえに言った。

「ええ。おけいさんもお達者で」

少しうるんだ目でおちえが答えた。

「では、船で行徳に向かいますので」

大きな嚢を背負った礼吉が右手を挙げた。

「お達者で」

「お気をつけて」

みなが見送る。

似合いの夫婦になるだろう二人は、こうしてのどか屋を後にした。

五

のどか屋の座敷に将棋盤と駒が運ばれてきたのは、翌る日の二幕目だった。

「ちょうど床の間に置けるな」

お忍びの藩主が指さした。

座敷の端に小さな床の間があり、季節の花が飾られている。小ぶりの座布団を据えたら、猫たちが入れ替わりで寝るようになった。

「指導のときだけ出すようにすればいいでしょう」

稲岡一太郎が言った。

「ちょっとどきどきします」

おときが胸に手をやった。

「慣れたらなんとかなるさかいに」

兵頭三之助が笑みを浮かべた。

「あとで対局を並べてみたらどうだ。学びにもなるだろう」

筒堂出羽守が水を向けた。

「そうですな。あいにく負け将棋やけど」

兵頭三之助は苦笑いを浮かべた。

勝てば御城将棋という対局は、先日、御城の書院で行われた。さりながら、健闘空《むな》しく、兵頭は敗戦を喫《きっ》してしまった。

「相手は強かったか」

大和梨川藩主が問うた。

「強かったです。ゆくゆくはきっと名人になりますわ」

兵頭三之助はそう請け合った。

実際に戦ってみた男の勘は正しかった。伊藤印寿はその後、八代伊藤宗印《そういん》と名を改め、十一世名人となる。家元出身としては最後の名人だ。

「まあ、とにかく今日は疲れを癒してくださいまし」

おちよがそう言って盆を運んできた。

「祝いにしたかったけど、しゃあないですわ」

将棋の名手が言った。

ひとまず酒肴を楽しんでから、折を見て兵頭の対局を盤上で再現してみることになった。棋譜はないが、兵頭三之助ほどの指し手になればすべて頭に入っている。

祝いではないものの、労をねぎらうということで焼き鯛と兜煮が出た。刺身も加わった鯛づくしだ。

「将棋の指南をするのであれば、引札が要り用だな」

焼き鯛の身を口中に投じ入れてから、筒堂出羽守が言った。

「旅籠の呼び込みのときに刷り物を配ればどうかと」

おひなとお手玉で遊んでいたおようが言った。

「そこまでしていただくのは……」

一枚板を拭いていたおときが遠慮して言った。

「いや、将棋の師匠なのだから、いま少し偉そうにしておれ」

いくらか戯《ざ》れ言《ごと》まじりに、筒堂出羽守が言った。

「引札は大事ですからね」

おちよが言う。

「表に貼り紙も出さないと」

千吉が厨から言った。

「幟《のぼり》も立てたらどうでしょう」

稲岡一太郎が身ぶりをまじえた。

「そやな、『娘将棋指南』って書いて」

兵頭三之助がすぐさま言った。

そんな調子で段取りがまとまり、酒肴もひとわたり進んだところで、将棋盤が床の間から座敷に移された。

「ほな、検討しょうか。おかしい手があったら、遠慮のう言うてや」

兵頭三之助がおときに言った。

「はい」

座敷に座った娘将棋指しがうなずいた。

対局の再現はさらさらと進んだ。

「ここが勝負どころや。こう指したんやけど、間違うてしもたような気がする」

兵頭三之助はあごに手をやった。

おときはじっと局面を見た。

「何か良い手はないか」

お忍びの藩主が問う。

「これはどうかと」

おときはそう言いながら、一つの駒を動かした。

玉だ。

「ああ、ここで早逃げか」

兵頭三之助がひざを打った。

「こら、ええ手や。そうか、ここは早逃げの一手やったな。それなら、まだまだ長い勝負やった」

将棋の名手は悔しそうに言った。

「さすがだな」

快男児が笑みを浮かべた。

「たまたま手が見えたので」

おときは謙遜して答えた。

「これなら、将棋指南も人気が出そう」

おちよが笑顔で言った。

「遠くからも人が来るよ」

千吉の明るい声が響く。

「そうだな。気張ってやれ」

藩主が励ました。

「はい」

娘将棋指しは、いい顔つきで答えた。

六

「一局、五十文くらい取ってもよさそうだけど」

目出鯛三が言った。

いくらか経った二幕目だ。灯屋のあるじの幸右衛門もいる。

「中食よりお高いのはちょっと」

おときが首をかしげた。

「だったら、四十文でどうかしら」

おちよが言った。

「まあ、それでしたら」

おときは答えた。

「なら、引札の刷り物をつくりましょう」

目出鯛三が両手をぱんと打ち合わせた。

「旅籠の呼び込みのときに配ればいいね」

幸右衛門がおときに言った。

「ええ。ちょっと恥ずかしいですけど」

おときは笑みを浮かべた。

「引札に合わせて貼り紙を出しましょう。幟も手配しておけば万端ね」

おちよが言った。

「お手間をおかけします」

娘将棋指しは頭を下げた。

「お待たせいたしました」

ここで千吉が肴を運んできた。

浅蜊と海老が入ったかき揚げだ。三河島菜《みかわしまな》も少し入っているから彩りもいい。

「おお、これはおいしそうだね」

灯屋のあるじが言った。

「筍《たけのこ》飯もお出しできますが」

千吉が水を向けた。

中食で出した筍飯は好評だった。筍ばかりでなく、油揚げもふんだんに入った炊き込みご飯だ。多めに炊いたから、二幕目にも出すことができる。

「なら、いただきましょう」

狂歌師が右手を挙げた。

「わたしも軽めに」

書肆のあるじも続いた。

「承知しました」

千吉が小気味よくうなずいた。

「まずはかき揚げを」

幸右衛門が箸を伸ばした。

「では、やつがれも」

目出鯛三が続く。

「ああ、これはおいしいですね」

灯屋のあるじが嘆声《たんせい》をあげた。

「たしかに、浅蜊と海老はかき揚げに入れると引き立ちますな。相撲の東西の大関《おおぜき》がうまく競い合ってるみたいで」

続いて賞味した目出鯛三が言った。

「だったら、大関かき揚げで」

千吉がすぐさま言った。

「ああ、それはいいかも」

おちよが言う。

「そのうち、中食の顔に」

幸右衛門がそう言って、またかき揚げをさくっとかんだ。

「また名物料理が増えましたな。千部振舞の宴でも出してもらいたいです」

目出鯛三が目を細くした。

「千部振舞の宴があるんでしょうか」

おひなを遊ばせていたおようの瞳が輝いた。

「いや、もうひと息なんですがね」

幸右衛門が身ぶりをまじえる。

「そのうちいけるでしょう」

目出鯛三がそう言って、残りのかき揚げを胃の腑に落とした。

ここでおときが盆を運んできた。

「お待たせいたしました。筍飯でございます」

笑顔で椀を置く。

「堂に入ってきたね」

「これなら大丈夫だ」

二人の常連が笑みを返した。

終章　指南始め

一

刷り物ができた。
こんな文面だ。

娘将棋指し、指南の始め
横山町旅籠付き小料理屋のどか屋、八つどきより
子《ね》、辰《たつ》、申《さる》の日のみ（ほかの日は相談）
指南役　おとき（十四歳）

江戸市井の将棋の競ひにて健闘、勝利まであと一歩に迫れり
おときの指南を受ければ、上達間違ひなし

指南代は一刻四十文（茶菓つき）
ほかの料理も注文できます

のどか屋

刷り物には絵も入っていた。

絵師の吉市に頼んだ絵で、将棋の駒をあしらった簪を挿した娘将棋指しが描かれている。いままさに盤上に次の駒を置こうとしているところで、目に光のある精彩《せいさい》に富む似面《にづら》だった。

「お泊まりは、横山町ののどか屋へ。将棋指南も始めました」

おけいが呼び込みをしながら刷り物を配る。

いつもの両国橋の西詰だ。

「どうぞ」

おときは控えめに刷り物を配った。

おのれの似面入りの刷り物だから、やはりいささか気恥ずかしいようだ。

「おっ、将棋の指南かい」

刷り物を受け取った男が言った。

「ええ。こちらのおときちゃんが指南役で」

おけいが手で示した。

「四日に一度だな」

男が刷り物を見て言った。

「さようです。二幕目には宴なども入りますので」

おけいが答えた。

「なら、気が向いたら行ってやろう」

男が笑みを浮かべた。

「どうぞよろしゅうに」

おときがやや硬い顔つきで頭を下げた。

「指南がある日は、すぐご案内もできるわね」

おけいが言った。

前任のおちえは巴屋との掛け持ちだったが、そちらのほうは新たに手伝いの娘が入ったから、おときはのどか屋に専念できる。

「来てくださるといいですけど」

おときは軽く首をかしげた。

「大丈夫よ。刷り物はほうぼうで配ってもらうから」

おけいが笑顔で言った。

二

「これはさっそく行ってみよう」

鶴屋与兵衛が刷り物に目を通すなり言った。

長吉屋の一枚板の席だ。隣には善屋のあるじの善蔵もいる。

「どうぞよろしゅうに」

時吉が頭を下げた。

「下手の横好きだがね。刷り物に余りがあるのなら、知り合いにも勧めてくるよ」

薬種問屋の隠居が笑みを浮かべた。

「いくらかございますので、お帰りの際に」

時吉が答えた。

「『茶菓つき』と書いてあるが、どこぞから取り寄せるのかい」

床几に座って刷り物に目を通していた長吉が問うた。

「いえ、千吉がつくると言ってました。おやきなら、甘めの菓子仕立てにもできるので、お客様の望みを聞いてから焼こうかと」

時吉が答えた。

「なるほど、そりゃいいかもしれねえ」

古参の料理人がうなずいた。

ここで肴が出た。

まずは鰹の山かけだ。

鰹は三枚におろして皮を引き、上身《うわみ》にしてから角切りにする。これには山葵醤油をからませておく。

鰹を器に盛り、山芋をかけ、鶉《うずら》玉子をのせる。あしらいを添え、脇のほうから残りの山葵醤油をかければ出来上がりだ。

「これは小粋《こいき》な肴ですね」

善屋のあるじが満足げに言った。

「さすがは花板で」

鶴屋与兵衛が言った。

のどか屋ではあるじだが、長吉屋では花板だ。

「ありがたく存じます。鰹の皮の焼き霜もお出しします」

時吉は手際よく次の肴を出した。

鰹の皮もいい酒の肴になる。塩を薄くあててから網に乗せ、裏表を焼いて短冊切りにする。

それから、大根おろしと皮を互い違いに盛って合わせる。醬油をかけ、おろし生姜と小口切りの青葱を添えれば出来上がりだ。

「これもいい塩梅で」

善蔵が笑みを浮かべた。

長吉も舌だめしをした。

「うん、いいだろう」

師匠が一つうなずいたから、時吉はほっとしたような顔つきになった。

三

娘将棋指南

そう染め抜かれた幟が出た。
鮮やかな紅梅色だから、遠くからでも目立つ。
貼り紙も出た。

娘将棋指南
子、辰、申の日、八つどきより
指南代、一刻四十文（茶菓つき）

刷り物をぐっと約めた貼り紙だ。
果たして客が来てくれるかどうか、半信半疑だったが、初日から指南を望む者がのれんをくぐってくれた。

中食にもよく来てくれる剣術指南の武家だ。

「一局頼む」

武家が笑みを浮かべた。

「承知いたしました」

おときが頭を下げた。

すでに二幕目に入っている。一枚板の席には元締めの信兵衛と力屋のあるじの信五郎が陣取っていた。

「さっそく始まったね」

元締めが笑みを浮かべた。

「こうして見るといい景色で」

力屋のあるじがそう言って、猪口の酒を呑み干した。

対局は相談の末、角落ちになった。むろん、指南役のおときが上手だ。

「お茶うけにおやきをお出しします。甘辛の二種がございますが、どちらにいたしましょう」

茶を運んできたおようがたずねた。

「何が入っているのか」

武家がたずねた。

「甘いほうは小豆餡、辛いほうは切干大根で」

千吉が厨から答えた。

胡麻油で炒めた切干大根に少し唐辛子を振っておやきに入れると、ぴりっとしてなかなかにうまい。

「では、甘いほうをくれ」

意外にも甘いほうを所望すると、武家は歩を突き進めた。

「それで、この肴が出てるんだね」

元締めが皿を箸で示した。

蛸《たこ》の小倉煮《おぐらに》だ。

おかげで、そこはかとなく甘い香りが漂っている。たたいてやわらかくした蛸を餡で煮るとうまい。

ややあって、一人の男がいなせにのれんをくぐってきた。

「あっ、平ちゃん」

千吉が声をかけた。

のどか屋に姿を現わしたのは、将棋の競いの世話役でもあった万年同心だった。

「おっ、やってるな」

座敷を見て言う。

「初めてのお客さまで」

おときが笑みを浮かべた。

「そりゃ何よりだ」

万年同心はそう言って、一枚板の席の端に腰を下ろした。

「蛸の小倉煮ができるよ」

千吉が声をかける。

「おう、くんな」

万年同心が右手を挙げた。

指導将棋はやがて佳境に入った。

「しまった。逃がしたか」

武家が額に手をやった。

その後しばらく粘っていたが、客は刀折れて矢尽き投了した。

「しくじってしもうたわ」

武家は苦笑いを浮かべると、食べかけだった餡入りおやきを口中に投じた。

「いま少し、玉を包みこむように寄せれば、こちらが困っていました」

おときはそう言って、局面を手際よく勘どころに戻した。

「こう指されれば、逃げ場がなかったと思います」

と、駒を動かす。

「なるほど。その一手だったな。面を取ろうと焦って打ちこんだのがしくじりであった」

武家が剣術になぞらえて言った。

「でも、お強い将棋でした」

おときがほめた。

「ならば、もう一局」

武家が指を一本立てた。

「はい」

おときは笑顔で答えた。

その様子を見て、千吉と万年同心が目と目を合わせてうなずき合った。

四

四日後には鶴屋与兵衛がやってきた。

将棋敵《がたき》の重蔵《じゅうぞう》も一緒だ。陶器の絵付けをする職人で、お登勢の紅葉屋でよく呑んでいる。

「将棋盤がもう一つあれば、二面指しで指導を受けられるんだがね」

鶴屋の隠居が言った。

「さすがに置き場所がないかと」

おちよが首をかしげた。

「そりゃ仕方がないんで。二人で知恵を出し合ってやりましょうや」

重蔵が言った。

「そうだな。……お、さっそく来たね」

与兵衛が千吉のほうを見た。

「焼きたてのおやきでございます」

のどか屋の二代目が盆を運んできた。

今日のおやきの注文は辛いほうだった。ぴりっと辛い切干大根が入っている。

「なら、食べながら指しましょう」

重蔵がさっそく手を伸ばした。

ほどなく、大松屋の升造がせがれの升吉をつれてやってきた。

「餡巻きを二皿頼むよ、千ちゃん」

竹馬の友が指を二本立て、一枚板の席に座った。

「はいよ。お汁粉もできるから」

千吉が笑顔で答えた。

「お汁粉」

升吉がすぐさま手を挙げた。

「承知で」

千吉が白い歯を見せる。

「わあい、楽しみ」

わらべが声をあげる。

「静かにしてなきゃ駄目だぞ。将棋の対局中だから」

升造が升吉に言った。

「うん」

わらべがうなずく。

「そんな根《こん》を詰めた対局じゃないから、気を遣わなくてもいいよ」

鶴屋の隠居が笑って言った。

「下手が思案してるだけなんで」

重蔵も和す。

近々、行徳へ行くという話をしながら、千吉は手際よく餡巻きを焼いていった。おちえが嫁いだ船宿の東屋には、万吉もつれていくつもりだ。

「へえ、初めてのお泊まりだね」

升造が言った。

「いまは寝てるけど、楽しみにしてるみたいだよ」

千吉が笑顔で答えた。

駒音が響く。

将棋の対局は調子よく進んでいた。

「はい、お待たせで」

ややあって、千吉が餡巻きの皿を運んできた。

「お茶とお汁粉も」

おちよも盆を運ぶ。

「あっ、しまった」

両取りをかけられた与兵衛が額に手をやった。

「まだまだでございますよ」

おときが言う。

「立て直さなきゃな」

重蔵が盤面をじっと見る。

「よし、ここからだ」

鶴屋の隠居が座り直した。

そんな調子で、娘将棋指南はまずまず順調な船出をした。

五

よく晴れた日に、千吉は万吉をつれて行徳へ向かった。

小網町《こあみちょう》の行徳河岸から日に何便もある船に乗れば、滞りなく行徳に着く。

行徳船は二十四人乗りだ。人ばかりでなく、野菜も運ぶ。

「よし、着いたぞ。ここが行徳だ」

船を下りた千吉が言った。

「つかれた……」

万吉がややあいまいな顔つきで言った。

「初めての船だったからな。船宿に着いたら休め。おいしいものも出るぞ」

千吉は笑みを浮かべた。

東屋では大歓迎を受けた。

おちえはすっかり若おかみの顔だった。二代目の礼吉とは似合いの夫婦だ。

あるじとおかみも満面の笑みで出迎えてくれた。

「豆腐飯を教えていただいてありがたく存じました」

あるじがていねいに頭を下げた。

「おかげさまで、お泊まりのお客さまに大好評で」

おかみも笑顔で言う。

「それはそれは、お教えした甲斐があります」

千吉は如才なく言った。

「とうふめし、とうふめし……」

万吉が唄うように言った。

「いま食べるのか？　出るのは朝だぞ」

千吉が言う。

「夜は煮魚と天麩羅をお出ししますので」

おかみが言った。

「それまで間があるから、行徳をご案内します」

おちえがそう申し出てくれた。

「甘味のいい見世もあるので」

礼吉が言う。

「うん、食べる」

万吉が乗り気で言った。

おちえの案内で町へ出た。

塩づくりで古くから栄えた行徳の町には活気があった。とりどりの見世もある。

万吉向きの団子屋があった。汁粉も出る。

「ここがいいでしょう」

　おちえが手で示した。

　品のいいのれんに「だんご」「しるこ」と染め抜かれている。

「団子と汁粉でいいか？」

　千吉が問うた。

「うんっ」

　万吉は元気よく答えた。

　餡団子とみたらし団子の盛り合わせを頼んだ。万吉は汁粉、千吉は茶だ。

「おいしい」

　餡団子を食した万吉が笑顔で言った。

「甘すぎなくて、ちょうどいいな」

　千吉はみたらし団子だ。

「甘すぎたらだめ？」

　万吉が少しいぶかしげにたずねた。

「甘すぎず、いくらかあとを引く感じに仕上げるのがつくり手の腕だ。わらべにはちょっとむずかしいかもしれないがな」

　千吉が教えた。

「でも、おいしい」

万吉が笑みを浮かべた。

「そうだな。食ってうまいのがいちばんだ」

千吉は白い歯を見せた。

六

翌日は早起きして浜に出た。

まだ小さい万吉は船に乗せられないので、浜の女に守りをしてもらい、千吉だけ乗りこんだ。揺れるので勝手が違ったが、漁師の働きぶりを間近で見られたのは収穫だった。

漁が終わると、浜で火を熾《おこ》して朝飯になった。

獲ったばかりの魚をさばいて刺身にした。千吉は包丁持参だ。さっそく浜で腕前を披露する。

「さすがは江戸の料理人だ」

「おれらとは違うぜ」

「見ろ、このうまそうな刺身を」

海の男たちが口々に言う。

「漁師汁を楽しみにしてきました」

千吉は笑みを浮かべた。

「おう、いくらでも食ってくんな」

漁師のかしらが笑みを返した。

「とうふめしは？」

万吉がたずねた。

「船宿へ帰ったら出してもらえるぞ。まずは獲れたばかりの魚の刺身を食ってみろ」

千吉が答えた。

「うん」

万吉はややあいまいな顔つきでうなずいた。

「おとうが口まで運んでやろう」

千吉は刺身を醬油につけ、せがれの口まで運んだ。

万吉が食す。

「うめえかい、坊」

「おれらは毎日食ってるんだ」

「おかげで病知らずでよ」

日焼けした海の男たちが言う。

「……おいしい」

のどか屋の三代目が笑顔で言った。

「そうかい。そりゃよかった」

「行徳まで来た甲斐があったな」

「江戸へ戻っても達者でいな」

海の男たちがいい顔つきで言った。

七

せっかくだから、しばらく浜を歩いてから戻ることにした。

「今日はいい天気だな。海がきれいだ」

千吉が指さした。

「おとう、かたぐるま」

万吉がせがんだ。

「よし、分かった。しっかり乗れ」

千吉はすぐさま請け合った。

父は少し苦労してせがれを肩車した。

「うわ、重くなったな」

声がもれる。

「あっ、海がきれいになった」

万吉の声が弾んだ。

ちょうど日ざしが濃くなったのだ。

「遠くまで見えるか？」

千吉が問う。

「うんっ」

万吉が答えた。

かすかな記憶がよみがえってきた。

かつて、おのれも父の時吉に肩車をしてもらい、大川や海をながめた。いまは万吉を肩車している。

そう思うと、わが子のあたたかさが心にしみた。

「おとう」

万吉が口を開いた。

「何だ？」

千吉がたずねる。

「あそこには何があるの？」

わらべが行く手を指さす気配がした。

「海の向こうか？」

千吉が訊いた。

「うん」

万吉がうなずいた。

「海の向こうには、外つ国がいろいろあるんだ」

千吉が教える。

「とつくに？」

わらべはいぶかしげに問うた。

「そうだ。亜米利加《あめりか》とか英吉利《いぎりす》とか阿蘭陀《おらんだ》とか。そういった外つ国の人が船で日の本へやってきたら、もしかしたら、おとうが料理をつくってお出ししなきゃならないかもしれない」

千吉は答えた。

大和梨川藩主の筒堂出羽守には、海防掛の補佐役という御役がついている。のどか屋へお忍びで来る藩主から、もし外つ国の使節が来たら、料理をふるまってもてなす役を頼むとかねて言われていた。

「おとうが？」

万吉は驚いたように言った。

「そうだ。まあ、どうなるか分からないがな」

千吉はそう言って海の彼方に目をやった。

「すごい、おとう」

万吉の声が響く。

日の光が濃くなった。

御恩《ごおん》のように、悦ばしく海を照らす。

千吉はしばし目を細めてそのさまを見ていた。

「そろそろ帰るか」

ややあって、千吉はたずねた。

「うん」

万吉が答える。

「戻ったら、おとうが教えた豆腐飯が待ってるぞ。……よし、ゆっくり降りろ」

千吉は慎重にせがれを下ろした。

「ああ、たのしかった」

万吉が笑みを浮かべた。

「よかったな」

千吉はそう言うと、万吉とともに浜を歩きだした。

また沖のほうを見る。

日の光に照らされ、海の色がひときわ鮮やかになった。

[参考文献一覧]

野﨑洋光『和のおかず決定版』(世界文化社)
畑耕一郎『プロのためのわかりやすい日本料理』(柴田書店)
田中博敏『旬ごはんとごはんがわり』(柴田書店)
田中博敏『お通し前菜便利集』(柴田書店)
『土井善晴の素材のレシピ』(テレビ朝日)
『一流板前が手ほどきする人気の日本料理』(世界文化社)
『人気の日本料理2　一流板前が手ほどきする春夏秋冬の日本料理』(世界文化社)
『一流料理長の和食宝典』(世界文化社)
志の島忠『割烹選書　春の料理』(婦人画報社)
志の島忠『割烹選書　懐石弁当』(婦人画報社)
鈴木登紀子『手作り和食工房』(グラフ社)

松本忠子『和食のおもてなし』（文化出版局）
金田禎之『江戸前のさかな』（成山堂書店）
料理・志の島忠、撮影・佐伯義勝『野菜の料理』（小学館）
『復元・江戸情報地図』（朝日新聞社）
日置英剛編『新国史大年表　五－Ⅱ』（国書刊行会）
今井金吾校訂『定本武江年表』（ちくま学芸文庫）
安用寺孝功『1冊で全てわかる向かい飛車　その狙いと対策』（マイナビ出版）

（ウェブサイト）
日本将棋連盟
ベルメゾンネット

＊作中に登場する将棋対局は、アマ二段の作者の将棋ウォーズ棋譜に基づくものです。

時代小説

二見時代小説文庫

勝《しょう》負《ぶ》めし　小《こ》料《りょう》理《り》のどか屋《や》　人情帖《にんじょうちょう》40

二〇二四年　三　月二十五日　初版発行

著者　倉《くら》阪《さか》鬼《き》一郎《いちろう》

発行所　株式会社　二見書房
〒一〇一-八四〇五
東京都千代田区神田三崎町二-一八-一一
電話　〇三-三五一五-二三一一〔営業〕
　　　〇三-三五一五-二三一三〔編集〕
振替　〇〇一七〇-四-二六三九

印刷　株式会社　堀内印刷所
製本　株式会社　村上製本所

ISBN978-4-576-24006-0
https://www.futami.co.jp/

정재영［鄭在永］(2003) 口訣 研究史, 송기중 外 (2003) 所収
정재영［鄭在永］(2006) 韓國의口訣,《口訣研究》제18집, 口訣學會 編, 太學社
조남호［趙南浩］(1996) 중세 국어 어휘［中世 國語 語彙］,《국어의 시대별 변천・실태 연구［國語의 時代別 變遷 實態 研究］1——중세 국어［中世國語］》국립국어연구원［國立國語研究院］
최경봉［崔炅鳳］(2005)《우리말의 탄생［우리말의 誕生］——최초의 국어사전 만들기 5 0 년의 역사［最初의 國語辭典 만들기 50年의 歷史》책과함께［冊과함께］
최경봉［崔炅鳳］・［시정곤］柴政坤・박영준［朴泳濬］(2008)《한글에 대해 알아야 할 모든 것》책과함께［冊과함께］
최명옥［崔明玉］(2004)《국어음운론［國語音韻論］》태학사［太學社］
崔範勳 (1985)《韓國語發達史》通文館
최현배［崔鉉培］(1937;1961³)《우리말본》정음문화사［正音文化社］
최현배［崔鉉培］(1940;1982)《고친 한글갈》정음문화사［正音文化社］
King, Ross［로스 킹］(2021)'다이글로시아'라는 용어의 문제점 : 전근대 한국의 말하기와 글쓰기의 생태계에 대하여《漢文學報》우리한문학회［우리漢文學會］
한국민족문화대백과사전 편찬부편［韓國民族文化大百科辭典 編纂部編］(1991)《한국민족문화대백과사전［韓國民族文化大百科辭典］》한국정신문화연구원［韓國精神文化研究院］
한국철학회 편 (2002)《현대철학과 언어［現代哲學과 言語］》철학과현실사［哲學과現實社］
한글학회［한글學會］(1995)《한글 사랑 나라 사랑 I》문화체육부＊
韓榮瑄 註解 (1985)《書法書論》文成堂
한재영［韓在永］(2003) 鄕札 研究史, 송기중 外 (2003) 所収
허주잉 (2013)《한자문화학［漢字文化學］》김은희 옮김, 연세대학교 대학출판문화원［延世大學校 大學出版文化院］
허웅［許雄］(1965)《國語音韻學 改稿 新版》正音社
허웅［許雄］(1975)《우리 옛말본》샘 문화사［샘 文化社］
허웅［許雄］(1982)《용비어천가［龍飛御天歌］》螢雪出版社
湖巖美術館編 (1996)《朝鮮前期國寶展》三星文化財團＊
洪起文 (1946;1988)《正音發達史》《原本 朝鮮文法研究 正音發達史》(影印 1988, 大提閣 所収)
洪起文 (1947)《朝鮮文法研究》서울신문社［서울新聞社］
홍윤표［洪允杓］(1994)《近代國語 研究 I》태학사［太學社］
洪允杓［홍윤표］(2004)「한글의 創制原理와 그 運用方法의 變遷」(Formative Principles and Change of Application Methods of Hangul),《映像人文学》group 6, 大阪大学21世紀 COE プログラム
홍윤표［洪允杓］(2005) 訓民正音의 '象形而字倣古篆'에 대하여,《國語學》第46輯, 국어학회［國語學會］
황문환［黃文煥］(2003) 한글 표기법 연구사［한글 表記法 研究史］, 송기중 外 (2003) 所収
黃希榮 (1979)《韓國語 音韻論》二友出版社
후지모토 유키오［藤本幸夫］(2006)《朝鮮版《千字文》에 대하여》임용기・홍윤표［林龍基・洪允杓］편 (2006) 所収
影印 世宗實録, (1973)《朝鮮王朝實録》國史編纂委員會, 頒布 探求堂＊

李基文・金鎭宇・李相億（1984;1986[4]）《國語音韻論》學研社
李基文・張素媛（1994）《 國語史》韓國放送大學校出版部
李基白（1991）《國語音韻論》韓國放送大學校出版部
李滿益 作, 李東歡 譯註（1985）《그림으로 보는 三國遺事》민족문화문고간행회［民族文化文庫刊行會］
李秉根・崔明玉（1997）《國語音韻論》韓國放送大學校出版部
李相伯（1957）《한글의 起源》通文館
이성미 외（2005）《조선왕실의 미술문화［朝鮮王室의 美術文化］》대원사
李丞宰（1992）《高麗時代의 吏讀》太學社
李丞宰（1996）高麗中期 口訣資料의 主體敬語法 先語末語尾 '- ナ（겨）- ',《李基文教授停年退任紀念論叢》新丘文化社
李禹煥（1977）《李朝의 民畫——構造로서의 繪畫》悅話堂
이익섭［李翊燮］（1986）《국어학개설［國語學槪說］》학연사［學硏社］
이익섭［李翊燮］・이상억［李相億］・채완［蔡琬］（1997）《한국의 언어》［韓國의 言語］, 신구문화사［新丘文化社］
李賢熙（1994）《中世國語構文研究》新丘文化社
이현희［李賢熙］（1996）중세 국어 자료［中世 國語 資料］（한글 문헌［한글 文獻］）,《국어의 시대별 변천・실태 연구［國語의 時代別 變遷 實態 硏究］1 ——중세 국어［中世國語］》국립국어연구원［國立國語硏究院］
이현희［李賢熙］（2003）訓民正音 研究史, 송기중 外（2003）所収
이현희［李賢熙］・이호권［李浩權］・이종묵［李鍾默］・강석중［姜晳中］（1997a）《杜詩와 杜詩諺解 6 》新丘文化社
이현희［李賢熙］・이호권［李浩權］・이종묵［李鍾默］・강석중［姜晳中］（1997b）《杜詩와 杜詩諺解 7 》新丘文化社
이호영［李豪榮］（1996）《국어음성학》태학사［太學社］
이호영［李豪榮］・황효성［黃斅惺］・아비딘［Abidin］（2009）《바하사 찌아찌아》한국학술정보［韓國學術情報］*
인문학연구원 HK 문자연구사업단（2013）《문자개념 다시보기》연세대학교 대학출판문화원
임용기・홍윤표［林龍基・洪允杓］편（2006）《국어사 연구 어디까지 와 있는가［國語史 硏究 어디까지 와 있는가］》태학사［太學社］
장윤희［張允熙］（2003）吏讀 研究史, 송기중 外（2003）所収
장윤희［張允熙］（2004）釋讀口訣 및 그 資料 槪觀,《口訣研究》제12집, 口訣學會 編, 太學社
鄭光（1988）《司譯院 倭學 研究》太學社
정광［鄭光］（2009a）《몽고자운 연구［蒙古字韻 硏究］——훈민정음과 파스파 문자의 관계를 해명하기 위하여［訓民正音과 파스파 文字의 關係를 解明하기 爲하여］》박문사［博文社］
정광［鄭光］（2009b）훈민정음의 中聲과 파스파 문자의 모음자［訓民正音의中聲과 파스파 文字의 母音字］, ≪國語學≫ 56輯, 국어학회［國語學會］
정병모［鄭炳模］（2015）《한국의 채색화［韓國의 彩色畵］》다할미디어
정병모［鄭炳模］（2017）《민화는 민화다 : 이야기로 보는 우리 민화세계［이야기로 보는 우리 民畵世界］》다할미디어
鄭然粲（1992）《韓國語音韻論》開文社

學社
손보기（1986）《세종 시대의 인쇄 출판》[世宗 時代의 印刷 出版] 세종대왕기념사업회［世宗大王紀念事業會］
송기중・이현희・정재영・장윤희・한재영・황문환［宋基中・李賢熙・鄭在永・張允熙・韓在永・黃文煥］（2003）《한국의 문자와 문자연구［韓國의 文字와 文字研究］》집문당［集文堂］
송철의［宋喆儀］（2008）《한국어 형태음운론적 연구［韓國語 形態音韻論的 研究》태학사［太學社］
申景澈（1995）한글 母音字의 字形 變遷 考察，素谷 南豊鉉 先生 回甲 紀念 論叢 刊行委員會 엮음（1995）所収
申瞳集（1983）《申瞳集 詩選》探究堂
申昌淳（1992）《國語正書法研究》集文堂
申昌淳・池春洙・李仁燮・金重鎭（1992）《국어표기법의 전개와 검토［國語表記法의 展開와 檢討］（1）》韓國精神文化研究院
沈在箕（1975）舊譯仁王經上 口訣에 대하여，《美術資料》第18號，國立中央博物館
安秉禧（1976）口訣과 漢文訓讀에 대하여，《震檀學報》第41號，震檀學會
安秉禧（1977）《中世國語口訣의 研究》一志社
安秉禧（1992a）《國語史研究》文學과知性社
安秉禧（1992b）《國語史 資料 研究》文學과知性社
安秉禧（1997）訓民正音解例本과 그 複製에 대하여，《震檀學報》84，震檀學會
安秉禧（2007）《訓民正音研究》서울대학교 출판부
안휘준［安輝濬］（1980）《한국 회화사［韓國繪畫史］》일지사［一志社］
安輝濬（1996）朝鮮王朝 前半期의 山水畫，湖巖美術館編（1996）所収
안휘준［安輝濬］（2004）《한국 회화의 이해［韓國繪畫의 理解］》시공사［時空社］*
梁泰鎭엮음（1990）《알기 쉬운 옛책 풀이》法經出版社
예술의 전당［藝術의 殿堂］엮음（1994）《조선시대 한글서예［朝鮮時代 한글書藝］》윤양희・김세호・박병천 집필，미진사*
우메다 히로유키［梅田博之］（1983）《韓國語의 音聲學的 研究——日本語와의 對照를 中心으로》螢雪出版社
劉昌惇（1964;2005[15]）《李朝語辭典》延世大學校 出版部
兪昌均（1982）《訓民正音》螢雪出版社
兪昌均（1982）《東國正音》螢雪出版社
尹炳泰（1983）《韓國書誌學概論（稿）〈改正稿〉》韓國書誌情報學會
윤석민［尹錫敏］・유승섭・권면주（2006）《쉽게 읽는 龍飛御天歌 I II》박이정［博而精］
원유홍・서승연・송명민（2019）《타이포그래피 천일야화 한글 타이포그래피의 개념과 실제》안그라픽스
이기성・김경도（2020）《한국 출판 이야기——한글 활자와 전자출판의 연대기［한국 出版 이야기——한글 活字와 電子出版의 年代記］》춘명［春明］
李基文（1961;1972）《國語史概說》太學社
李基文（1963）《國語表記法의 歷史的研究》韓國研究院
李基文（1998）《新訂版 國語史概說》太學社
李基文・姜信沆・金完鎭・安秉禧・南基心・李翊燮・李相億（1983）《韓國 語文의 諸問題》一志社

과 文化]》 경북대학교 국어국문학과 [慶北大學校 國語國文學科] BK21플러스 〈영남지역 문화어문학 연구인력 양성 사업단〉
노마 히데키 [野間秀樹] (2017) 「한글의 탄생과 불교사상의 언어――언어존재론적인 시좌 (視座) 에서 [한글의 誕生과 佛教思想의 言語――言語存在論的인 視座에서]」《불교와 한글, 한국어 [佛教와 한글, 韓國語]》 한국문화사 [韓國文化社]
노마 히데키 [野間秀樹] (2018) 「〈쓰여진 언어의 영광〉 ――언어의 원리론에서 한글의 탄생을 비추다 [〈쓰여진 言語의 榮光〉 ――言語의 原理論에서 한글의 誕生을 비추다]」 《소리×글자 : 한글디자인》 국립한글박물관 [國立한글博物館]
노마 히데키 [野間秀樹] 엮음 (2014) 《한국의 지 (知) 를 읽다》 김경원 옮김, 위즈덤하우스
檀國大學校附設 東洋學硏究所 編 (1992-1996) 《韓國漢字語辭典 卷一 - 卷四》 檀國大學校出版部
루트비히, 오토 [Otto Ludwig] (2013) 《쓰기의 역사》 이기숙 옮김, 연세대학교 대학출판문화원 [延世大學校 大學出版文化院]
류현국 [劉賢國] (2017) 《한글 활자의 은하계 [한글 活字의 銀河系] : 1945-2010: 한글 기계화의 시작과 종말 그리고 부활, 그 의미 [한글 機械化의 始作과 終末 그리고 復活, 그 意味]》 윤디자인그룹
류현국 [劉賢國] • 고미야마 히로시 [小宮山博史] 외 (2019) 《동아시아 타이포그래퍼의 실천 [東아시아 타이포그래퍼의 實踐]》 윤디자인그룹
리의도 (2007) 한국어 해방론, 《배달말》 제41호, 배달말학회
마루야마 게이자부로 [丸山圭三郎] (2002) 《존재와 언어 [存在와 言語]》 고동호 [高東昊] 역, 민음사 [民音社]
말모이 편찬위원회 [編纂委員會] 엮음 (2021) 《말모이, 다시 쓰는 우리말 사전》 시공사
민현식 [閔賢植] (1999) 《국어 정서법 연구 [國語 正書法 硏究]》 태학사 [太學社]
박기완 [朴基完] (1983) 《에스페란토로 옮긴 훈민정음 [에스페란토로 옮긴 訓民正音] Esperantigita Hun Min Ĝong Um》 한글 학회 [한글 學會]
朴炳千 (1983) 《한글 궁체 연구 [한글 宮體 硏究]》 一志社＊
朴炳千 (1985) 《書法論硏究》 一志社
박종국 (1976) 《훈민정음 [訓民正音]》 正音社
박창원 [朴昌遠] (2005) 《100대 한글 문화 유산 1 훈민정음 [100大 한글 文化 遺産 1 訓民正音]》 신구문화사 [新丘文化社]
백낙청 [白樂晴] • 임형택 • 정승철 • 최경봉 [崔炅鳳] (2020) 《한국어, 그 파란의 역사와 생명력 [韓國語, 그 波瀾의 歷史와 生命力]》 창비 [創批]
백두현 [白斗鉉] (2009) 《훈민정음》 해례본 [訓民正音解例本] 의 텍스트 구조 연구 [構造 硏究], 《國語學》 第54輯, 국어학회 [國語學會]
서상규 [徐尚揆] (2014;2019) 《한국어 기본어휘 의미 빈도 사전 [韓國語 基本語彙 意味 頻度 辭典] 개정판 [改訂版]》 한국문화사 [韓國文化社]
서상규 [徐尚揆] • 안의정 • 봉미경 • 최정도 • 박종후 (2013) 《한국어 구어 말뭉치 연구 [韓國語 口語 말뭉치 硏究]》 한국문화사 [韓國文化社]
서상규 • 한영균 [徐尚揆 • 韓榮均] (1999) 《국어정보학 입문 [國語情報學 入門]》 태학사 [太學社]
서울大學校 東亞文化硏究所編 (1973) 《國語國文學事典》 新丘文化社
素谷 南豊鉉 先生 回甲 紀念 論叢 刊行委員會 엮음 (1995) 《國語史와 借字表記》 太

김진아［金珍娥］(2019)《담화론과 문법론［談話論과 文法論］》역락［亦樂］
金鎭宇 (2008)《언어와 사고［言語와 思考］》한국문화사［韓國文化社］
金赫濟 校閱 (1976;1988)《懸吐釋字具解 論語集註 (全)》明文堂
南廣祐 編 (1960;1971)《補訂 古語辭典》一潮閣
남기심［南基心］• 고영근［高永根］(1985;1994)《표준국어문법론［標準國語文法論］》탑출판사［塔出版社］
南星祐・鄭在永 (1998) 舊譯仁王經 釋讀口訣의 表記法과 한글 轉寫,《口訣研究》第３輯, 口訣學會 編輯, 太學社
南豊鉉 (1981)《借字表記法研究》檀大出版部
남풍현［南豊鉉］(1993) 중세국어의 의성의태어［中世國語의 擬聲擬態語］,《새국어생활［새 國語生活］》３-２, 국립국어연구원［國立國語研究院］
南豊鉉 (1999)《國語史를 위한 口訣 研究》태학사［太學社］
南豊鉉 (2000)《吏讀研究》태학사［太學社］
南豊鉉 (2009b)《古代韓國語研究》시간의 물레［時間의 물레］
노마 히데키［野間秀樹］(2002)《한국어 어휘와 문법의 상관구조［韓國語 語彙와 文法의 相關構造］》태학사［太學社］
노마 히데키［野間秀樹］(2006) '단어가 문장이 될 때 : 언어장 이론［單語가 文章이 될 때 : 言語場 理論］―― 형태론에서 통사론으로, 그리고 초형태통사론으로［形態論에서 統辭論으로, 그리고 超形態統辭論으로］,《Whither Morphology in the New Millennium? 21세기 형태론 어디로 가는가［21世紀 形態論 어디로 가는가］》Ko, Young-Kun, et al. (eds.) Pagijong Press
노마 히데키［野間秀樹］(2008) 언어를 배우는〈근거〉는 어디에 있는가［言語를 배우는〈根據〉는 어디에 있는가］―― 한국어 교육의 시점［韓國語 教育의 視點］,《한글 : 한글 학회 창립 100돌 기념호［한글 : 한글 學會 創立 100돌 紀念號］》겨울치, 282호, 한글 학회［한글 學會］
노마 히데키［野間秀樹］(2011)《한글의 탄생――〈문자〉라는 기적［한글의 誕生――〈文字〉라는 奇跡］》김진아［金珍娥］• 김기연［金奇延］• 박수진［朴守珍］옮김 . 돌베개
노마 히데키［野間秀樹］(2015a)「인문언어학을 위하여――언어존재론이 묻는, 살아가기 위한 언어［人文言語學을 爲하여――言語存在論이 묻는, 살아가기 爲한 言語］」《연세대학교 문과대학 창립 100주년 기념 국제학술대회 발표자료집［延世大學校 文科大學 創立 100周年 紀念 國際學術大會 發表資料集］》연세대학교 문과대학［延世大學校 文科大學］
노마 히데키［野間秀樹］(2015b)「훈민정음=한글의 탄생을 언어의 원리론에서 보다［訓民正音=한글의 誕生을 言語의 原理論에서 보다］」《세계한글작가대회 발표자료집［世界한글作家大會 發表資料集］》국제펜클럽 한국본부［國際펜클럽 韓國本部］
노마 히데키［野間秀樹］(2016a)「언어를 살아가기 위하여――언어존재론이 묻는,〈쓴다는 것〉［言語를 살아가기 爲하여――言語存在論이 묻는 ,〈쓴다는 것〉］」《제2회 세계한글작가대회 발표자료집［第2回 世界한글作家大會 發表資料集］》국제펜클럽 한국본부［國際펜클럽 韓國本部］
노마 히데키［野間秀樹］(2016b)「언어존재론이 언어를 보다――언어학과 지 (知) 의 언어［言語存在論이 言語를 보다――言語學과 知의 言語］」《제3회 경북대학교 국어국문학과 BK21플러스 사업단 국제학술대회 : 언어생활과 문화［言語生活

국립국어연구원 [國立國語研究院]
국립국어연구원 [國立國語研究院] 편 (1999)《표준국어대사전 [標準國語大辭典]》 두산동아
국립국어원 [國立國語研究院] 엮음 (2008)《알기 쉽게 풀어 쓴 훈민정음 訓民正音》 생각의 나무
국립국어원 [國立國語院] 엮음 (2021)《국립국어원 30년사》 국립국어원
권재일 [權在一] (1998)《한국어 문법사 [韓國語 文法史]》 박이정 [博而精]
金枓奉 (1916;1983)《조선말본 [朝鮮말본]》 새・글・집 박음, 新文館 發行, (影印) 金敏洙・河東鎬・高永根編《歷代韓國語文法大系 第1部第8冊》 塔出版社
金枓奉 (1934;1983)《깁더 조선말본 [깁더 朝鮮말본]》 새・글・집 펌, 匯東書館 發行, (影印) 金敏洙・河東鎬・高永根編《歷代韓國語文法大系 第1部第8冊》 塔出版社
김두식 (2008)《한글 글꼴의 역사 [한글 글꼴의 歷史]》 시간의 물레 [時間의 물레] *
金斗鍾 (1981)《韓國古印刷技術史》 探究堂
金敏洙 (1977;1986)《周時經 研究 (增補版)》 塔出版社
김민수 [金敏洙] 편 (1993)《현대의 국어 연구사 [現代의 國語 研究史]》 서광학술자료사
김석득 [金錫得] (1982)《주시경 문법론 [周時經 文法論]》 螢雪出版社
김석득 [金錫得] (1983)《우리말 연구사 [우리말 研究史]》 정음문화사 [正音文化社]
金尙憶 註解 (1975)《龍飛御天歌》 乙酉文化社
김성근 (1995)《조선어어음론연구 [朝鮮語 語音論研究]》 사회과학출판사 [社會科學出版社]
김성도 (2013)「문자의 시원과 본질에 대한 몇 가지 인식론적 성찰 [文字의 始原과 本質에 對한 몇 가지 認識論的 省察]」 인문학연구원 HK 문자연구사업단 (2013) 所収
金完鎭 (1980)《鄕歌解讀法研究》 서울大學校出版部
金允經 (1938;1985)《朝鮮文字及語學史》 (1985《한결 金允經全集 1 朝鮮文字及語學史》 延世大學校 出版部)
金一根 編註 (1959)《李朝御筆諺簡集》 新興出版社 發行, 通文館 販賣 *
金一根 (1986)《增訂 諺簡의 研究》 建國大學校出版部
김주원 [金周源] (2005a)「훈민정음해례본의 뒷면 글 내용과 그에 관련된 몇 문제 [訓民正音解例本의 뒷面 글 內容과 그에 關聯된 몇 問題」《國語學》 第45輯, 국어학회 [國語學會]
김주원 [金周源] (2005b)「훈민정음해례본의 원래 모습 [訓民正音解例本의 元來 모습]」《자연과 문명의 조화 [自然과 文明의 調和]》 제53권 제5호, 대한토목학회 [大韓土木學會]
김주원 [金周源] (2005c) 훈민정음해례본의 인류문화사적가치 [訓民正音解例本의 人類文化史的 價値], 《자연과 문명의 조화 [自然과 文明의 調和]》 제53권 제8호, 대한토목학회 [大韓土木學會]
김주원 [金周源] (2013)《훈민정음 : 사진과 기록으로 읽는 한글의 역사 [訓民正音 : 寫眞과 記錄으로 읽는 한글의 歷史]》 민음사 [民音社]
김주원 [金周源], 권재일 [權在一], 고동호 [高東昊], 김윤신, 전순환 (2008)《사라져 가는 알타이언어 [言語] 를 찾아서》 태학사 [太學社]

吉田光男（2009）『北東アジアの歴史と朝鮮半島』放送大学教育振興会
吉田光男編（2000）『韓国朝鮮の歴史と社会』放送大学教育振興会
四方田犬彦（2007）『翻訳と雑神 Dulcinea blanca』人文書院
四方田犬彦編（2003）『アジア映画』作品社
ライオンズ，J.（1973;1986⁵）『理論言語学』國廣哲彌訳，大修館書店
頼惟勤著，水谷誠編（1996・2000）『中国古典を読むために』大修館書店
ラディフォギッド，ピーター（1999）『音声学概説』竹林滋・牧野武彦共訳，大修館書店
李基文［Lee Ki-Moon］（1975）『韓国語の歴史』村山七郎監修，藤本幸夫訳，大修館書店
李成市（2005）「古代朝鮮の文字文化」国立歴史民俗博物館／平川南編（2005）所収
ロビンソン，アンドルー（2006）『文字の起源と歴史――ヒエログリフ，アルファベット，漢字』片山陽子訳，創元社
若松實（1979）『対訳注解 韓国の古時調』高麗書林
渡辺吉鎔・鈴木孝夫（1981）『朝鮮語のすすめ――日本語からの視点』講談社
渡辺直紀（2008）「韓国・朝鮮文学研究・教育のための文献解題」野間秀樹編著（2008）所収
『月刊言語』2007年10月号，「特集 東アジアの文字文化」大修館書店
『別冊太陽』2008年10月，「韓国・朝鮮の絵画」平凡社

●朝鮮語＝韓国語で書かれた文献（ハングル字母順:397頁参照）

［ ］内は，読者の便を図って，原著の漢字語ハングル表記に対して，本書で付した漢字表記。

姜信沆（1990）《增補改訂版 國語學史》普成文化社
강신항［姜信沆］（2000）《한국의 운서［韓國의 韻書］》태학사［太學社］
姜信沆（2003a）《수정 증보 훈민정음연구［修訂 增補 訓民正音研究］》성균관대학교 출판부［成均館大學校出版部］
姜信沆（2003b）'正音' 에 대하여,《韓國語研究 1》韓國語研究會, 태학사［太學社］
姜信沆 譯註（1974）《訓民正音》新丘文化社
고경희（2008）《금속활자에 담은 빛나는 한글》국립중앙박물관
高麗大學校 民族文化研究所 編（1967;1976）《韓國文化史大系Ⅳ 言語文學史（上）》高大 民族文化研究所 出版部
高永根（1983）《國語文法의 研究》塔出版社
高永根・李賢熙 校註（1986）《周時經, 國語文法》塔出版社
高永根・成光秀・沈在箕・洪宗善 編（1992）《國語學研究百年史 I》一潮閣
과학, 백과사전출판사［科學百科辭典出版社］（1979）《조선문화어문법［朝鮮文化語文法］》과학, 백과사전출판사［科學百科辭典出版社］
과학원 언어 문학 연구소 언어학 연구실［科學院 言語 文化 研究所 言語學 研究室］（1960）《조선어문법［朝鮮語 文法］ 1》과학원 언어 문학 연구소［科學院 言語文學 研究所］（影印）학우서방［學友書房］
과학원 언어 문학 연구소 사전 연구실［科學院 言語 文化 研究所 辭典 研究室］（1962）《조선말 사전［朝鮮말 辭典］》과학원 출판사［科學院 出版社］，（影印）학우서방［學友書房］
국립국어연구원［國立國語研究院］（1995）《한국 어문 규정집［韓國 語文 規定集］》

マクルーハン，M.（1986）『グーテンベルクの銀河系――活字人間の形成』森常治訳，みすず書房
益子幸江（2008）「音声学のための文献解題――一般音声学を学ぶ人のために」野間秀樹編著（2008）所収
町田和彦編（2011）『世界の文字を楽しむ小事典』大修館書店
町田和彦編（2021）『図説 世界の文字とことば』河出書房新社
町田健（2008）『言語世界地図』新潮社
松岡正剛（2008）『白川静――漢字の世界観』平凡社
松岡正剛企画監修，編集工学研究所構成編集（1990）『情報の歴史 象形文字から人工知能まで』NTT 出版
マルティネ，アンドレ（1972）『一般言語学要理』三宅徳嘉訳，岩波書店
丸山圭三郎編，富盛伸夫・前田英樹・丸山圭三郎他著（1985）『ソシュール小事典』大修館書店＊
マングェル，アルベルト（1999;2013）『読書の歴史――あるいは読者の歴史』原田範行訳，柏書房
水野正好（2000）「日本人と文字との出会い」平川南編（2000）所収
三ッ井崇（2001）「植民地化朝鮮における言語支配の構造――朝鮮語規範化問題を中心に」一橋大学大学院博士学位論文，一橋大学大学院
三ッ井崇（2010）『朝鮮植民地支配と言語』明石書店
閔賢植（2007）「韓国における韓国語教育の現在」野間秀樹編著（2007）所収
村田雄二郎，C・ラマール編（2005）『漢字圏の近代――ことばと国家』東京大学出版会
森田伸子（2005）『文字の経験――読むことと書くことの思想史』勁草書房
森田伸子編著（2013）『言語と教育をめぐる思想史』勁草書房
ヤーコブソン，ローマン（1973）『一般言語学』川本茂雄監修，みすず書房
ヤーコブソン，ローマン（1977）『音と意味についての六章』花輪光訳，みすず書房
ヤーコブソン，ローマン、モーリス・ハレ（1973）「音韻論と音声学」村崎恭子訳，ヤーコブソン（1973）所収
矢島文夫（1977）「文字研究の歴史（2）」大野晋・柴田武編（1977 b）所収
安田章（1990）『外国資料と中世国語』三省堂
安田敏朗（1997）『帝国日本の言語編制』世織書房
安田敏朗（1998）『植民地のなかの「国語学」』三元社
山田恭子（2008a）「文学からの接近：古典文学史――時代区分とジャンルを中心に」野間秀樹編著（2008）所収
山田恭子（2008b）「古典文学史年表」野間秀樹編著（2008）所収
山本真弓編著，臼井裕之・木村護郎クリストフ（2004）『言語的近代を超えて――〈多言語状況〉を生きるために』明石書店
油谷幸利・門脇誠一・松尾勇・高島淑郎編，小学館・金星出版社共同編集（1993）『朝鮮語辞典』小学館
油谷幸利先生還暦記念論文集刊行委員会編（2009）『朝鮮半島のことばと社会――油谷幸利先生還暦記念論文集』明石書店
尹学準著，田中明訳詩（1992）『朝鮮の詩ごころ――「時調」の世界』講談社
ヨーアンセン，エーリ・フィッシャ（1978）『音韻論総覧』林栄一訳，大修館書店
吉田光男（1986）「李朝実録」『基礎ハングル』第1巻第9号，三修社

平川南編（2000）『古代日本の文字世界』大修館書店
平山久雄（1967）「中古漢語の音韻」牛島徳次・香坂順一・藤堂明保編（1967;1981^{5}）所収
フェーブル，リュシアン・アンリ＝ジャン・マルタン（1985）『書物の出現 上下』筑摩書房
福井玲（1985）「中期朝鮮語のアクセント体系について」『東京大学言語学論集 '85』東京大学文学部言語学研究室
福井玲（2003）「朝鮮語音韻史の諸問題」『音声研究』第7巻第1号，日本音声学会
福井玲（2012）『韓国語音韻史の探究』三省堂
福永光司（1971）『中国文明選 第14巻 芸術論集』朝日出版社
藤井幸之助（2008）「朝鮮語＝韓国語教育のための文献リスト」野間秀樹編著（2008）所収
藤井茂利（1996）『古代日本語の表記法研究――東アジアに於ける漢字の使用法比較』近代文芸社
藤本幸夫（1980）「朝鮮版『千字文』の系統 其一」『朝鮮学報』第94輯，朝鮮学会
藤本幸夫（1986）「吏読」『基礎ハングル』第2巻第3号，三修社
藤本幸夫（1988）「古代朝鮮の言語と文字文化」岸俊男編（1988）所収
藤本幸夫（1990）「朝鮮童蒙書，漢字本『類合』と『新増類合』について」崎山理・佐藤昭裕編（1990）所収
藤本幸夫（1992）「李朝訓読攷 其一――『牧牛子修心訣』を中心にして」『朝鮮学報』第143輯，朝鮮学会
藤本幸夫（1997）「朝鮮語の史的研究」国立国語研究所（1997）所収
藤本幸夫（2006）『日本現存朝鮮本研究 集部』京都大学学術出版会
藤本幸夫（2007）「朝鮮の文字文化」『月刊言語』vol. 26, no. 10. 大修館書店
藤本幸夫（2014）「朝鮮の出版文化」，野間秀樹編（2014）所収
藤本幸夫（2018）『日本現存朝鮮本研究 史部』大韓民国東国大学校出版部
藤本幸夫編（2014）『日韓漢文訓読研究』勉誠出版
白峰子（2004;2019）『韓国語文法辞典』大井秀明訳，野間秀樹監修，三修社
白斗鉉（2009）「『訓民正音』解例本の影印と『合部訓民正音』研究」第60回朝鮮学会大会招聘報告，朝鮮学会
ベンヤミン，ヴァルター（1970）『複製技術時代の芸術 ヴァルター・ベンヤミン著作集 二』佐々木基一編集解説，晶文社
ボルツ，ノルベルト（1999）『グーテンベルク銀河系の終焉』識名章喜・足立典子訳，法政大学出版局
ホロドービッチ, A. A.（2009）「朝鮮語文法概要」菅野裕臣訳『韓国語学年報』第5号，神田外語大学韓国語学会編，神田外語大学韓国語学会
洪允杓（2009）「『千字文』類について」油谷幸利先生還暦記念論文集刊行委員会編（2009）所収
前田英樹編・訳・著（2010）『沈黙するソシュール』講談社
前間恭作（1974）『前間恭作著作集 上巻・下巻』京都大学文学部国語学国文学研究室編，京都大学国文学会
マクリーニー，イアン・F. ＆ ライザ・ウルヴァートン（2010）『知はいかにして「再発明」されたか――アレクサンドリア図書館からインターネットまで』冨永星訳，日経BP社

野間秀樹編著（2007）『韓国語教育論講座 第1巻』くろしお出版
野間秀樹編著（2008）『韓国語教育論講座 第4巻』くろしお出版
野間秀樹編著（2012）『韓国語教育論講座 第2巻』くろしお出版
野間秀樹編著（2018）『韓国語教育論講座 第3巻』くろしお出版
野間秀樹・金珍娥（2004）『Viva! 中級韓国語』朝日出版社
野間秀樹・金珍娥（2007）『ニューエクスプレス韓国語』白水社＊
野間秀樹・金珍娥・中島仁・須賀井義教（2010）『きらきら韓国語』同学社
野間秀樹・中島仁（2007）「日本における韓国語教育の歴史」野間秀樹編著（2007）所収
野間秀樹・白永瑞編（2021）『韓国・朝鮮の美を読む』クオン
野間秀樹・村田寛・金珍娥（2004）『ぷち韓国語』朝日出版社
野間秀樹・村田寛・金珍娥（2007;2008）『Campus Corean はばたけ！　韓国語』朝日出版社
バーク，ピーター（2009）『近世ヨーロッパの言語と社会——印刷の発明からフランス革命まで』原聖訳，岩波書店
バード，イザベラ（1998）『朝鮮紀行——英国婦人の見た李朝末期』時岡敬子訳，講談社
バイイ，シャルル（1970）『一般言語学とフランス言語学』小林英夫訳，岩波書店
朴鎭浩（2009）「韓国の点吐口訣の読法について——春日政治『西大寺本金光明最勝王経古点の国語学的研究』との対比を通じて」『訓点語と訓点資料』第123輯，訓点語学会
朴泳濬・柴政坤・鄭珠里・崔炅鳳（2007）『ハングルの歴史』中西恭子訳，白水社
橋口侯之介（2005）『和本入門 千年生きる書物の世界』平凡社
橋本萬太郎（1978）『言語類型地理論』弘文堂
橋本萬太郎編（1980）『世界の中の日本文字——その優れたシステムとはたらき』弘文堂
蓮實重彥（1977）『反＝日本語論』筑摩書房
波田野節子（2009）「朝鮮近代文学者の日本留学」油谷幸利先生還暦記念論文集刊行委員会編（2009）所収
波田野節子・斎藤真理子・きむ ふな共編（2020）『韓国文学を旅する60章』明石書店
服部四郎（1951）『音韻論と正書法』研究社出版
バフチン，ミハイル（1980）『ミハイル・バフチン著作集 4 言語と文化の記号論』北岡誠司訳，新時代社
バフチン，ミハイル（2002）『バフチン言語論入門』桑野隆・小林潔編訳，せりか書房
濱田敦（1970）『朝鮮資料による日本語研究 正・続』岩波書店
早田輝洋（1977）「生成アクセント論」大野晋・柴田武編（1977a）所収
早田輝洋（1999）『音調のタイポロジー』大修館書店
韓沽劤（1976）『韓国通史』平木実訳，学生社
ハングル学会主管（2008）『ハングル展　若い想像力，そして物語』大韓民国文化体育観光部＊
韓成求（2018）「共和国の言語——文化語と平壌方言」野間秀樹編著（2018）所収
バンベニスト，エミール（1983）『一般言語学の諸問題』河村正夫・岸本通夫・木下光一・高塚洋太郎・花輪光・矢島猷三訳，みすず書房

ックス・テクストについて」『学習院大学言語共同研究所紀要』第14号，学習院大学言語共同研究所
野間秀樹（1998a）「朝鮮語」東京外国語大学語学研究所編（1998b）所収
野間秀樹（1998b）「最もオノマトペが豊富な言語」『月刊言語』第27巻第5号，5月号，大修館書店
野間秀樹（2000;2002）『至福の朝鮮語 改訂新版』朝日出版社
野間秀樹（2001）「オノマトペと音象徴」『月刊言語』第30巻第9号，8月号，大修館書店
野間秀樹（2005）「韓国と日本の韓国語研究――現代韓国語の文法研究を中心に」『日本語学』第24巻第8号，7月号，通巻第295号，明治書院
野間秀樹（2007）『新・至福の朝鮮語』朝日出版社＊
野間秀樹（2007a）『絶妙のハングル』日本放送出版協会
野間秀樹（2007b）「試論――ことばを学ぶことの根拠はどこに在るのか」野間秀樹編著（2007）所収
野間秀樹（2007c）「音声学からの接近」野間秀樹編著（2007）所収＊
野間秀樹（2007d）「音韻論からの接近」野間秀樹編著（2007）所収
野間秀樹（2007e）「形態音韻論からの接近」野間秀樹編著（2007）所収
野間秀樹（2008 a）「言語存在論試考序説Ｉ――言語はいかに在るか」野間秀樹編著（2008）所収
野間秀樹（2008b）「言語存在論試考序説Ⅱ――言語を考えるために」野間秀樹編著（2008）所収
野間秀樹（2008c）「韓国語学のための文献解題――現代韓国語を見据える」野間秀樹編著（2008）所収
野間秀樹（2008d）「音と意味の間に」『國文學』2008年10月号，學燈社
野間秀樹（2009a）「ハングル――正音エクリチュール革命」『國文學』2009年2月号，學燈社
野間秀樹（2009 b）「現代朝鮮語研究の新たなる視座――〈言語はいかに在るか〉という問いから――言語研究と言語教育のために」『朝鮮学報』第212輯，朝鮮学会
野間秀樹（2014a）『日本語とハングル』文藝春秋
野間秀樹（2014b）『韓国語をいかに学ぶか――日本語話者のために』平凡社
野間秀樹（2014c）「知とハングルへの序章」野間秀樹編（2014）所収
野間秀樹（2018a）「〈対照する〉ということ――言語学の思考原理としての〈対照〉という方法」野間秀樹編著（2018）所収
野間秀樹（2018b）「ハングルという文字体系を見る――言語と文字の原理論から」野間秀樹編著（2018）所収
野間秀樹（2018c）「知のかたち，知の革命としてのハングル」『対照言語学研究』第26号，海山文化研究所
野間秀樹（2018d）「言語の対照研究，その原理論へ向けて――言語存在論を問う」『社会言語科学』21巻1号，社会言語科学会
野間秀樹（2018e）『言語存在論』東京大学出版会
野間秀樹（2021a）『史上最強の韓国語練習帖 超入門編』ナツメ社＊
野間秀樹（2021b）『言語 この希望に満ちたもの―― TAVnet 時代を生きる』北海道大学出版会
野間秀樹編（2014）『韓国・朝鮮の知を読む』クオン

長尾雨山（1965）『中國書畫話』筑摩書房
仲尾宏（2007）『朝鮮通信使――江戸日本の誠信外交』岩波書店
中島仁（2007）「外来語表記法をめぐって」野間秀樹編著（2007）所収
中島仁（2008）「近現代韓国語辞書史」野間秀樹編著（2008）所収
中島仁（2021）『これならわかる　韓国語文法――入門から上級まで』NHK 出版
中田祝夫・林史典（2000）『日本の漢字』中央公論新社
中村春作・市來津由彦・田尻祐一郎・前田勉編（2008）『訓読論――東アジア漢文世界と日本語』勉誠出版
中村完（1967）「諺文文献史における英・正時代について」『朝鮮学報』第43輯，朝鮮学会
中村完（1983）「訓民正音――この朝鮮文化」『朝鮮史研究会論文集』No. 20，緑蔭書房
中村完（1986）「朝鮮人の文字生活――プレ・ハングルの視点から」『基礎ハングル』第 2 巻第 2 号，三修社
中村完（1986）「朝鮮語の辞典　その史的展望」『基礎ハングル』第 2 巻第 1 号，三修社
中村完（1995）『論文選集 訓民正音の世界』創栄出版
南豊鉉（1997）「韓国における口訣研究の回顧と展望」『訓点語と訓点資料』第100輯，訓点語学会
南豊鉉（2007）「韓国古代口訣の種類とその変遷について」『訓点語と訓点資料』第118輯，訓点語学会
南豊鉉（2009a）「韓国語史研究における口訣資料の寄与について」『訓点語と訓点資料』第123輯，訓点語学会
西田龍雄（1982）『アジアの未解読文字』大修館書店
西田龍雄（1984）『漢字文明圏の思考地図』PHP 研究所
西田龍雄（2002）『アジア古代文字の解読』中央公論社
西田龍雄編（1981;1986）『講座言語 第 5 巻 世界の文字』大修館書店
西田龍雄編（1986）『言語学を学ぶ人のために』世界思想社
西野嘉章編（1996）『東京大学コレクション（Ⅲ）歴史の文字――記載・活字・活版』東京大学総合研究博物館
日本国際美術振興会・毎日新聞社編（1977）『第13回現代日本美術展』図録，日本国際美術振興会・毎日新聞社
沼本克明（1997）『日本漢字音の歴史的研究――体系と表記をめぐって』汲古書院
野崎充彦（2008）「時調――朝鮮的叙情のかたち」野間秀樹編著（2008）所収
野崎充彦編訳注（2000）『青邱野談』平凡社
野間秀樹（1985）「ハングルの書体」『基礎ハングル』第 1 巻第 2 号，三修社
野間秀樹（1985）「ハングルのタイプライタ」『基礎ハングル』第 1 巻第 7 号，三修社
野間秀樹（1988）『길　朝鮮語への道』有明学術出版社
野間秀樹（1990a）「朝鮮語の名詞分類――語彙論・文法論のために」『朝鮮学報』第135輯，朝鮮学会
野間秀樹（1990b）「朝鮮語のオノマトペ――擬声擬態語の境界画定，音と形式，音と意味について」『学習院大学言語共同研究所紀要』第13号，学習院大学言語共同研究所
野間秀樹（1992）「朝鮮語のオノマトペ――擬声擬態語と派生・単語結合・シンタ

鄭光（1978）「司譯院譯書の外国語の転写に就いて」『朝鮮学報』第89輯，朝鮮学会
鄭光・北郷照夫（2006）『朝鮮吏讀辞典』ペン・エンタープライズ
鄭在永・安大鉉（2018）「漢文読法と口訣」野間秀樹編著（2018）所収
鄭熙昌（2007）「ハングル正書法と標準語」野間秀樹編著（2007）所収
月脚達彦（2008a）「歴史学からの接近」野間秀樹編著（2008）所収
月脚達彦（2008b）「朝鮮史年表」野間秀樹編著（2008）所収
月脚達彦・伊藤英人（1999）「朝鮮語」『独立百周年（建学百二十六年）記念東京外国語大学史』東京外国語大学
築島裕（1986）『歴史的仮名遣い』中央公論社
辻星児（1997a）「「朝鮮資料」の研究」国立国語研究所（1997）所収
辻星児（1997b）『朝鮮語史における『捷解新語』』岡山大学文学部
鶴久（1977）「万葉仮名」大野晋・柴田武編（1977b）所収
寺脇研（2007）『韓国映画ベスト100：「JSA」から「グエムル」まで』朝日新聞社
デリダ，ジャック（1977）『エクリチュールと差異　上』若桑毅・野村英夫・阪上脩・川久保輝興訳，法政大学出版局
デリダ，ジャック（1983）『エクリチュールと差異 下』梶谷温子・野村英夫・三好郁朗・若桑毅・阪上脩訳，法政大学出版局
デリダ，ジャック（1986）『根源の彼方に——グラマトロジーについて（上）（下）』足立和浩訳，現代思潮社
デリダ，ジャック（2001）『たった一つの，私のものではない言葉——他者の単一言語使用』守中高明訳，岩波書店
デリダ，ジャック（2002）『有限責任会社』高橋哲哉・増田一夫・宮﨑裕助訳，法政大学出版局
東京外国語大学アジア・アフリカ言語文化研究所編（2005;2007[2]）『図説 アジア文字入門』河出書房新社＊
東京外国語大学語学研究所編（1998a）『世界の言語ガイドブック 1　ヨーロッパ・アメリカ地域』三省堂
東京外国語大学語学研究所編（1998b）『世界の言語ガイドブック 2　アジア・アフリカ地域』三省堂
東京国立博物館・朝日新聞社編（2006）『書の至宝 日本と中国』朝日新聞社
藤堂明保（1967;1981[5]）「序説」牛島徳次・香坂順一・藤堂明保編（1967;1981[5]）所収
藤堂明保（1977）「漢字概説」大野晋・柴田武編（1977b）所収
藤堂明保編（1978）『学研 漢和大字典』学習研究社
藤堂明保・相原茂（1985）『新訂 中国語概論』大修館書店
東野治之（1994）『書の古代史』岩波書店
トゥルベツコイ，N. S.（1980）『音韻論の原理』長嶋善郎訳，岩波書店
時枝誠記（1941;1979）『国語学原論』岩波書店
戸田浩暁（1974;1988，1978;1988）『新釈漢文大系 64，65 文心雕龍 上下』明治書院
礪波護・武田幸男（1997;2008）『世界の歴史 6——隋唐帝国と古代朝鮮』中央公論新社
ナイト，スタン（2001）『西洋書体の歴史——古典時代からルネサンスへ』高宮利行訳，慶應義塾大学出版会＊

シュール（1928）岡書院の改訳新版
ソシュール，フェルディナン・ド（1940;1972）『一般言語学講義』小林英夫訳，岩波書店。ソシュール（1940）の改版
ソシュール，フェルディナン・ド（2003）『フェルディナン・ド・ソシュール 一般言語学第三回講義 エミール・コンスタンタンによる講義記録』相原奈津江・秋津伶訳，エディット・パルク
ソシュール，フェルディナン・ド（2007）『ソシュール 一般言語学講義 コンスタンタンのノート』影浦峡・田中久美子訳，東京大学出版会
宋喆儀（2009）「反切表と伝統時代のハングル教育」油谷幸利先生還暦記念論文集刊行委員会編（2009）所収
宋希璟著，村井章介校注（1987）『老松堂日本行録』岩波書店
宋敏（1986）「韓国語と日本語のつながり」『基礎ハングル』第2巻第7号，三修社
宋敏（1999）『韓国語と日本語のあいだ』菅野裕臣他訳，草風館
成百仁（1990）「日本語系統論の研究と韓国語およびアルタイ諸語」崎山理編（1990）所収
互盛央（2009）『フェルディナン・ド・ソシュール――「言語学」の孤独、「一般言語学」の夢』作品社
武田幸男編（1985）『世界各国史17 朝鮮史』山川出版社
武田幸男編（2000）『新版 世界各国史2 朝鮮史』山川出版社＊
武部良明編（1989）『講座 日本語と日本語教育8 日本語の文字・表記（上）』明治書院
田中克彦（1981）『ことばと国家』岩波書店
田中克彦（1989）『国家語を超えて――国際化のなかの日本語』筑摩書房
田中俊明（1985）「『三国史記』と『三国遺事』」『基礎ハングル』第1巻第7号，三修社
多和田眞一郎（1982）「沖縄方言と朝鮮語資料」『国文学解釈と鑑賞』47-9，至文堂
千葉県日本韓国朝鮮関係史研究会（2001）『千葉のなかの朝鮮』明石書店
チポラ，カルロ・M.（1983）『読み書きの社会史――文盲から文明へ』佐田玄治訳，御茶の水書房
チャオ，ユアン・レン（1980）『言語学入門』橋本萬太郎訳，岩波書店
車柱環（1990）『朝鮮の道教』三浦國雄・野崎充彦訳，人文書院
中国語学研究会編（1969;1979[5]）『中国語学新辞典』光生館
中樞院編（1937）『吏読集成』朝鮮總督府中樞院（影印1975，国書刊行会）
中樞院調査課編（1936）『校訂 大明律直解』朝鮮總督府中樞院
趙義成（2007）「慶尚道方言とソウル方言」野間秀樹編著（2007）所収
趙義成（2008a）「『訓民正音』からの接近」野間秀樹編著（2008）所収＊
趙義成（2008b）「文献解題：中期朝鮮語・近世朝鮮語」野間秀樹編著（2008）所収
趙義成（2009）「ハングルの誕生と変遷」『東洋文化研究』第11号，学習院大学東洋文化研究所
趙義成（2015）『基本ハングル文法 初級から中級まで』NHK 出版
趙義成訳注（2010）『訓民正音』平凡社
朝鮮語学研究室編（1991）『朝鮮語文体範例読本』東京外国語大学＊
朝鮮史研究会編（1981）『新 朝鮮史入門』龍渓書舎
朝鮮史研究会編（1995）『新版 朝鮮の歴史』三省堂

笹原宏之（2008）『訓読みのはなし――漢字文化圏の中の日本語』光文社
佐藤昭（2002）『中国語語音史――中古音から現代音まで』白帝社
佐藤喜代治・遠藤好英・加藤正信・佐藤武義・飛田良文・前田富祺・村上雅孝編（1996）『漢字百科大事典』明治書院
真田信治・生越直樹・任榮哲編（2005）『在日コリアンの言語相』和泉書院
真田信治・庄司博史編（2005）『事典 日本の多言語社会』岩波書店
サピーア，エドワード（1957）『言語――ことばの研究』泉井久之助訳，紀伊國屋書店
サピア，エドワード（1998）『言語』安藤貞夫訳，岩波書店
柴谷方良・影山太郎・田守育啓（1981）『言語の構造――理論と分析 音声・音韻篇』くろしお出版
芝野耕司編（1997）『JIS 漢字辞典』日本規格協会
志部昭平（1972）「朝鮮の文字ハングル――訓民正音製定と新文語の育成について」『国際文化』二一三，国際文化振興会
志部昭平（1985）「『訓民正音』」『基礎ハングル』第1巻第3号，三修社
志部昭平（1986a）「朝鮮語の歴史」『基礎ハングル』第1巻第12号，三修社
志部昭平（1986b）「中期朝鮮語（1－4）」『基礎ハングル』第2巻第8－11号，三修社
志部昭平（1987）「朝鮮語における漢字語の位置」『日本語学』6月号，明治書院
志部昭平（1988）「陰徳記 高麗詞之事について――文禄慶長の役における仮名書き朝鮮語資料」『朝鮮学報』第128輯，朝鮮学会
志部昭平（1989）「漢字の用い方（韓国語との対照）」加藤彰彦編（1989）所収
志部昭平（1990）『諺解三綱行實圖研究』汲古書院＊
沈元燮（2008）「映画からの接近――最近の韓国映画，その多重の顔」野間秀樹編著（2008）所収
シャルティエ，ロジェ＆グリエルモ・カヴァッツロ編（2000）『読むことの歴史――ヨーロッパ読書史』田村毅他訳，大修館書店
ジャン，ジョルジュ（1990）『文字の歴史』矢島文夫監修，高橋啓訳，創元社
庄垣内正弘（2003）「文献研究と言語学――ウイグル語における漢字音の再構と漢文訓読の可能性」『言語研究』第124号，日本言語学会
庄司博史編（2015）『世界の文字事典』丸善出版
書学書道史学会編（2005）『日本・中国・朝鮮／書道史年表辞典』萱原書房
書物同好会編（1978）『書物同好会会報 附 冊子』桜井義之解題，（影印）龍渓書舎
白川静（1970）『漢字――生い立ちとその背景』岩波書店
白川静（1984）『字統』平凡社＊
白川豊（2008）「近現代文学史」野間秀樹編著（2008）所収
白鳥庫吉（1986）『朝鮮史研究』岩波書店
申叔舟著，田中健夫訳注（1991）『海東諸国紀』岩波書店
申明直（2008）「韓国の漫画ジャンルと近代」野間秀樹編著（2008）所収
須賀井義教（2008）「インターネットからの接近」野間秀樹編著（2008）所収
須賀井義教（2018）「韓国語 現代語＝古語小辞典」野間秀樹編著（2018）所収
杉藤美代子編（1989）『講座 日本語と日本語教育2 日本語の音声・音韻（上）』明治書院
ソシュール，フェルヂナン・ド（1940）『言語学原論』小林英夫訳，岩波書店．ソ

小泉保・牧野勤（1971）『英語学大系 1　音韻論 I』大修館書店
河野六郎（1955）「朝鮮語」『世界言語概説 下巻』服部四郎・市川三喜編，研究社
河野六郎（1977）「文字の本質」大野晋・柴田武編，河野六郎他執筆（1977），河野六郎（1980）および河野六郎（1994）所収
河野六郎（1979a）『河野六郎著作集 第 1 巻』平凡社
河野六郎（1979b）『河野六郎著作集 第 2 巻』平凡社
河野六郎（1980）『河野六郎著作集 第 3 巻』平凡社
河野六郎（1994）『文字論』三省堂
河野六郎・千野栄一・西田龍雄編著（2001）『言語学大辞典 別巻 世界文字辞典』三省堂
河野六郎・西田龍雄（1995）『文字贔屓——文字のエッセンスをめぐる 3 つの対談』三省堂
国際文化フォーラム（2005）『日本の学校における韓国朝鮮語教育——大学等と高等学校の現状と課題』財団法人 国際文化フォーラム
国立国語研究所（1997）『日本語と外国語の対照研究Ⅳ　日本語と朝鮮語 上巻 回顧と展望』国立国語研究所，くろしお出版発売
国立歴史民俗博物館／平川南編（2005）『古代日本 文字のきた道——古代中国・朝鮮から列島へ』大修館書店
後藤斉（2008）「言語学のための文献解題」野間秀樹編著（2008）所収
こどもくらぶ著，野間秀樹監修（2004）『世界の文字と言葉入門③ 朝鮮半島の文字「ハングル」と言葉』小峰書店
高東昊（2007）「方言の文法的分化」野間秀樹編著（2007）所収
小林芳規（1989）『角筆のみちびく世界——日本古代・中世への照明』中央公論社
小林芳規（1998）『図説 日本の漢字』大修館書店
小林芳規（2002）「韓国における角筆文献の発見とその意義——日本古訓点との関係」『朝鮮学報』第182輯，朝鮮学会
小林芳規（2004）『角筆文献研究導論 上巻 東アジア編』汲古書院
小林芳規（2009a）「漢文訓読史研究の課題と構想」『訓点語と訓点資料』第123輯，訓点語学会
小林芳規（2009b）「日本の訓点・訓読の源と古代韓国語との関係」麗澤大学「日・韓訓読シンポジウム」基調講演
小林芳規・西村浩子（2001）「韓国遺存の角筆文献調査報告」『訓点語と訓点資料』第107輯，訓点語学会
古原宏伸（1973）『画論』明徳出版社
小松英雄（2006）『日本書記史原論 補訂版』笠間書院
子安宣邦（2003）『漢字論』岩波書店
斉藤純男（2006）『日本語音声学入門 改訂版』三省堂
齋藤希史（2007）『漢文脈と日本近代 ——もう一つのことばの世界』日本放送出版協会
三枝壽勝（1997）『韓国文学を味わう』国際交流基金アジアセンター
崎山理編（1990）『日本語の形成』三省堂
崎山理・佐藤昭裕編（1990）『アジアの諸言語と一般言語学』三省堂
佐久間鼎（1946）『ゲシタルト心理学』弘文堂
笹原宏之（2006）『日本の漢字』岩波書店

金禮坤（1961-1962）「国語講座」月刊『新しい世代』朝鮮青年社
金禮坤（2021）『韓国語講座』朝日出版社
金仁謙著，高島淑郎訳注（1999）『日東壮遊歌——ハングルでつづる朝鮮通信使の記録』平凡社
金宇鐘（1975）『韓国現代小説史』長璋吉訳，龍渓書舎
金思燁（1972）『朝鮮のこころ——民族の詩と真実』講談社
金思燁（1973）『朝鮮文学史』金沢文庫
金珍娥（2007）「韓国語のローマ字表記法」野間秀樹編著（2007）所収
金珍娥（2012）「談話論からの接近」野間秀樹編著（2012）所収
金珍娥（2013）『談話論と文法論——日本語と韓国語を照らす』くろしお出版
金周源（2018）「絶滅危機に瀕するアルタイ言語の記録」髙木丈也訳，野間秀樹編著（2018）所収
金素雲（1978）『金素雲對譯詩集（上中下）』釜山：亜成出版社
金台俊（1975）『朝鮮小説史』安宇植訳注，平凡社
金東旭（1974）『朝鮮文学史』日本放送出版協会
金東昭（2003）『韓国語変遷史』栗田英二訳，明石書店
金芳漢（1986）「韓国語の系統」『基礎ハングル』第2巻第6号，三修社
金富軾著，井上秀雄訳註（1980-1988）『三国史記』平凡社
金両基（1984;2005[22]）『ハングルの世界』中央公論新社
金允浩（1987）『物語 朝鮮詩歌史』彩流社
木村誠・吉田光男・趙景達・馬淵貞利編（1995）『朝鮮人物事典』大和書房
木村雅彦（2002;2008）「トラヤヌス帝の碑文がかたる」『Vignette ヴィネット』01，朗文堂＊
金文京（2010）『漢文と東アジア』岩波書店
金文京・玄幸子・佐藤晴彦訳注，鄭光解説（2002）『老乞大——朝鮮中世の中国語会話読本』平凡社
権在一（2018）「中央アジア高麗語の話しことばと書きことば」野間秀樹編著（2018）所収
権在淑（1995）『表現が広がる これからの朝鮮語』三修社
権斗煥（2010）第61回朝鮮学会大会公開講演「豊山洪門所蔵英・荘・正祖三代御筆札」朝鮮学会
熊木勉（2008）「文学からの接近：詩，何を読む」野間秀樹編著（2008）所收
熊谷明泰（2007）「朝鮮語辞典におけるカタカナ発音表記」野間秀樹編著（2007）所収
クリステヴァ，ジュリア（1983）『ことば，この未知なるもの——記号論への招待』谷口勇・枝川昌雄訳，国文社
クリステヴァ，ジュリア（1999）『ポリローグ《新装復刊》』赤羽研三・足立和浩他訳，白水社
クルマス，フロリアン（2014）『文字の言語学——現代文字論入門』斎藤伸治訳，大修館書店
呉人惠編（2011）『日本の危機言語——言語・方言の多様性と独自性』北海道大学出版会
倪其心 (Ni Qixin)（2003）『校勘学講義——中国古典文献の読み方』橋本秀美・鈴木かおり訳，アルヒーフ発行，すずさわ書店発売

加藤彰彦編（1989）『講座 日本語と日本語教育 9 日本語の文字・表記（下）』明治書院
加藤徹（2006）『漢文の素養――誰が日本文化を作ったのか？』光文社
金沢庄三郎（1994）『日韓古地名の研究』復刻版，草風館
鐘江宏之（2008）『全集 日本の歴史 第3巻 律令国家と万葉びと』小学館
樺島忠夫（1977）「文字の体系と構造」大野晋・柴田武編（1977b）所収
樺島忠夫・続木敏郎・関口泰次編（1985）『事典日本の文字』大修館書店
鎌田茂雄（1987）『朝鮮仏教史』東京大学出版会
上垣外憲一（1989）『雨森芳洲』中央公論社
亀井孝（1971）『亀井孝論文集 一 日本語学のために』吉川弘文館
亀井孝・大藤時彦・山田俊雄編（1963;1970[7]）『日本語の歴史 2 文字とのめぐりあい』平凡社
亀井孝・大藤時彦・山田俊雄編（2007）『日本語の歴史 1－7』平凡社＊
亀井孝・河野六郎・千野栄一編著（1988-1996）『言語学大辞典 第1巻-第6巻』三省堂
柄谷行人（1986;2001）『探究Ⅰ』講談社
柄谷行人（1994;2004）『探究Ⅱ』講談社
柄谷行人（2007）『日本精神分析』講談社
川瀬一馬（2001）『日本書誌学用語辞典』雄松堂出版
川瀬一馬著・岡崎久司編（2001）『書誌学入門』雄松堂出版
川村湊（1994）『海を渡った日本語――植民地の「国語」の時間』青土社
姜在彦訳注（1974）『海游録――朝鮮通信使の日本紀行』平凡社
姜信沆（1993）『ハングルの成立と歴史』日本語版協力 梅田博之，大修館書店
菅野裕臣（1981a）『朝鮮語の入門』白水社
菅野裕臣（1981b）「口訣研究（一）」『東京外国語大学論集』31号，東京外国語大学
菅野裕臣（1985）「朝鮮語のローマ字転写とカタカナ表記」『基礎ハングル』第1巻第5号，三修社
菅野裕臣（1986）「文字・発音・正書法」『基礎ハングル』第2巻第1号，三修社
菅野裕臣（1991）「言語資料としての『海東諸国紀』」申叔舟著，田中健夫訳注（1991）所収
菅野裕臣（2004）『朝鮮の漢字音の話』神田外語大学韓国語学科
菅野裕臣他（1988;1991[2]）「文字・発音概説」，『コスモス朝和辞典』白水社
菅野裕臣編（1985-1987）『基礎ハングル』第1巻第1－12号，第2巻第1－12号，三修社
菅野裕臣・早川嘉春・志部昭平・浜田耕策・松原孝俊・野間秀樹・塩田今日子・伊藤英人共編，金周源・徐尚揆・浜之上幸 協力（1988;1991）『コスモス朝和辞典』白水社
姜漢永・田中明訳注（1982）『パンソリ』平凡社
岸田文隆（2006）「早稲田大学服部文庫所蔵の「朝鮮語訳」について ――「隣語大方」との比較」『朝鮮学報』第199・200輯，朝鮮学会
岸俊男編（1988）『日本の古代 第14巻 ことばと文字』中央公論社
岸本美緒・宮嶋博史（1998;2008）『世界の歴史12 ――明清と李朝の時代』中央公論新社
金禮坤（1986）「南の한글，北の우리 글――分かち書き」『基礎ハングル』第2巻第12号，三修社

今福龍太（2009）『身体としての書物』東京外国語大学出版会
任昌淳編（1975）『韓国美術全集 11 書芸』金素雲訳，同和出版公社＊
イ・ヨンスク（1996）『「国語」という思想――近代日本の言語認識』岩波書店
イリイチ，イヴァン（1995）『テクストのぶどう畑で』岡部佳世訳，法政大学出版局
イリイチ，I.・B. サンダース（1991; 2008）『ABC――民衆の知性のアルファベット化』丸山真人訳，岩波書店
上村幸雄（1989）「現代日本語 音韻」亀井孝・河野六郎・千野栄一編著（1988-1996）第2巻所収
牛島徳次・香坂順一・藤堂明保編（1967;1981[5]）『中国文化叢書1 言語』大修館書店
梅田博之（1989 a）「朝鮮語」，『言語学大辞典 第2巻 世界言語編（中）』亀井孝・河野六郎・千野栄一編著，三省堂
梅田博之（1989b）「韓国語の片仮名表記」加藤彰彦編（1989）所収
上野善道（1977）「日本語のアクセント」大野晋・柴田武編（1977a）所収
上野善道（1989）「日本語のアクセント」杉藤美代子編（1989）所収
ＮＨＫ放送文化研究所編（1998）『新版 日本語発音アクセント辞典』日本放送出版協会
江守賢治（1986）『解説 字体辞典』三省堂
大黒俊二（2010）『声と文字 ヨーロッパの中世 6』岩波書店
大島正二（2003）『漢字と中国人――文化史をよみとく』岩波書店
大島正二（2006）『漢字伝来』岩波書店
太田辰夫（1964;1984）『古典中国語文法』汲古書院
大友信一（1981）「中国・朝鮮資料の語彙」『講座日本語の語彙 4 中世の語彙』明治書院
大西哲彦・亀尾敦（2001）『字の匠 Historical Tour of Typography ―― Adobe InDesign 付属ブックレット』アドビシステムズ
大野晋・柴田武編（1977a）『岩波講座 日本語5 音韻』岩波書店
大野晋・柴田武編（1977b）『岩波講座 日本語8 文字』岩波書店
大村益夫（1998）『対訳 詩で学ぶ朝鮮の心』青丘文化社
岡井慎吾（1916）『漢字の形音義』六合館
小川環樹・木田章義注解（1997）『千字文』岩波書店
沖森卓也（2003）『日本語の誕生――古代の文字と表記』吉川弘文館
沖森卓也（2010）『初めて読む日本語の歴史』ベレ出版
沖森卓也（2011）『日本の漢字 1600年の歴史』ベレ出版
沖森卓也（2017）『日本語全史』筑摩書房
小倉進平（1929）『郷歌及び吏讀の研究』京城帝国大学法文学部紀要 第一，京城帝国大学（1974影印，ソウル亞細亞文化社）
小倉進平著，河野六郎増訂補注（1964）『増訂補注 朝鮮語学史』刀江書院＊
小栗章（2007）「日本における韓国語教育の現在――大学等の調査に見る現状と課題」野間秀樹編著（2007）所収
生越直樹（2005）「朝鮮語と漢字」村田雄二郎・C，ラマール編（2005）所収
オング，W.-J.（1991）『声の文化と文字の文化』桜井直文他訳，藤原書店
風間伸次郎（2008）「環韓国言語学文献解題」野間秀樹編著（2008）所収
梶井陟（1980）『朝鮮語を考える』龍渓書舎
梶村秀樹（1977）『朝鮮史』講談社

文献一覧

図版の出典および図版を作成するにあたって参考にした書物には＊印を付す。

●日本語で書かれた文献（五〇音順）

青山秀夫（1986）「現代朝鮮語の擬声語」，『朝鮮学報』第65輯，朝鮮学会

青山秀夫編著（1991）『朝鮮語象徴語辞典』大学書林

秋永一枝編，金田一春彦監修（2001）『新明解日本語アクセント辞典』三省堂

阿辻哲次（1994）『漢字の文化史』日本放送出版協会

阿辻哲次（1999）『漢字の社会史——東洋文明を支えた文字の三千年』PHP 研究所

荒野泰典他執筆，田中健夫・田代和生監修（1992）『宗家記録と朝鮮通信使展』朝日新聞社文化企画局編，朝日新聞社

李翊燮・李相億・蔡琬（2004）『韓国語概説』前田真彦訳，梅田博之監修，大修館書店

飯島春敬編（1975）『書道辞典』東京堂出版

五十嵐孔一（2008）「韓国近代文典史」野間秀樹編著（2008）所収

李基文（1975）『韓国語の歴史』村山七郎監修，藤本幸夫訳，大修館書店

李基文（1983）『韓国語の形成』成甲書房

李鍾黙（2002）「朝鮮前期韓日文士の文学交流の様相について」桑嶋里枝訳，『朝鮮学報』第182輯，朝鮮学会

李鍾徹（1991）『萬葉と郷歌：日韓上代歌謡表記法の比較研究』藤井茂利訳，東方書店

石和田秀幸（2001）「日韓（朝）友好の先駆者雄誉(おうよ)上人——館山大巌院のハングル石塔」千葉県日本韓国・朝鮮関係史研究会編著『千葉のなかの朝鮮』明石書店

板垣竜太（2021）『北に渡った言語学者——金壽卿1918-2000』人文書院

伊丹潤編，水尾比呂志・李禹煥解説（1975）『李朝民画』講談社

井筒俊彦（2009）『読むと書く——井筒俊彦エッセイ集』慶應大学出版会

伊藤亞人・大村益夫・梶村秀樹・武田幸男・高崎宗司編（2000）『朝鮮を知る事典 新訂増補版』平凡社

伊藤智ゆき（1999）「中期朝鮮語の漢字語アクセント体系」『言語研究』第116号，日本言語学会

伊藤智ゆき（2007）『朝鮮漢字音研究』汲古書院

伊藤英人（2004）「講經と讀經——正音と讀誦を巡って」，『朝鮮語研究 2』朝鮮語研究会編，くろしお出版

伊藤英人（2007a）「名詞をめぐって」野間秀樹編著（2007）所収

伊藤英人（2007b）「漢字音教育法」野間秀樹編著（2007）所収

伊藤英人（2008）「文献解題：歴史言語学　古代語及び前期中世語」野間秀樹編著（2008）所収

犬養隆（2000）「木簡から万葉集へ——日本語を書くために」平川南編（2000）所収

犬養隆（2005）「古代の「言葉」から探る文字の道——日朝の文法・発音・文字」国立歴史民俗博物館／平川南編（2005）所収

茨木のり子（1989）『ハングルへの旅』朝日新聞社

●た行

●な行

●は行

●ま行

●ら行

作品索引

●あ行

●か行

●さ行

●ま行

●や行

●ら行

●わ行

●な行

●は行

●た行

●さ行

人名索引

●あ行

●か行

動詞も単語に扱われるが、活用を見せるので、その点では用言的である。日本語圏の朝鮮語文法論では変化のパターンから、動詞、存在詞、形容詞、指定詞という四品詞に分類するのが事実上の標準。このうち「…である」「…だ」に相当する指定詞－이다（イダ）だけは付属語。韓国の学校文法では動詞と形容詞のみを立て、指定詞－이다（イダ）は叙述格助詞とする。ただし韓国で指定詞を立てる文法家も少なくない。韓国でも日本でも、日本語の助動詞に相当する朝鮮語の形のほとんどは、独立した単語ではなく語尾として扱う ················ 138, 159, 344

●ま行

●や行

●な行

●は行

●た行

●さ行

●か行

関連用語・事項索引

●あ行

[著者]
野間秀樹（のま・ひでき）
言語学者、美術家。東京外国語大学大学院教授、ソウル大学校韓国文化研究所特別研究員、国際教養大学客員教授、明治学院大学客員教授・特命教授などを歴任。一般言語学、朝鮮言語学、日韓対照言語学、韓国語教育を中心に、音論、語彙論、文法論や言語存在論などの論著がある。著書に『言語存在論』（東京大学出版会）、『言語 この希望に満ちたもの』（北海道大学出版会）、『한국어 어휘와 문법의 상관구조』（韓国語 語彙と文法の相関構造、ソウル、太学社、大韓民国学術院優秀学術図書）、『韓国語をいかに学ぶか』（平凡社新書）、『日本語とハングル』（文春新書）、『新・至福の朝鮮語』（朝日出版社）など。編著書に『韓国語教育論講座』（1－4巻、くろしお出版）、『韓国・朝鮮の知を読む』（クオン）、『韓国・朝鮮の美を読む』（共編、クオン）。2005年大韓民国文化褒章受章。12年周時経学術賞（韓国）、14年パピルス賞受賞。本書で第22回アジア・太平洋賞大賞受賞。韓国＝朝鮮と日本、双方の血を嗣ぐ。

平凡社ライブラリー 922
新版《しんぱん》 ハングルの誕生《たんじょう》 人間《にんげん》にとって文字《もじ》とは何《なに》か

発行日…………2021年9月21日 初版第1刷

著者……………野間秀樹
発行者…………下中美都
発行所…………株式会社平凡社
〒101-0051 東京都千代田区神田神保町3-29
電話 (03)3230-6579［編集］
(03)3230-6573［営業］
振替 00180-0-29639

印刷・製本……株式会社東京印書館
DTP…………平凡社制作
装幀……………中垣信夫

ISBN978-4-582-76922-7
NDC分類番号829.115 B6変型判(16.0cm) 総ページ462

平凡社ホームページ https://www.heibonsha.co.jp/

落丁・乱丁本のお取り替えは小社読者サービス係まで
直接お送りください（送料、小社負担）。

E・W・サイード著／板垣雄三・杉田英明監修／今沢紀子訳

オリエンタリズム　上・下

ヨーロッパのオリエントに対するものの見方・考え方に連綿と受け継がれてきた思考様式――その構造と機能を分析するとともに、厳しく批判した問題提起の書。

解説＝杉田英明

M・ハイデッガー著／川原栄峰訳

形而上学入門

「最後の哲学者」が異様な情熱をもって語った、哲学の解体と再構築の企図、そして危機の時代の運命。戦後の重要証言〈シュピーゲル対談（弁明）〉を併載する。

解説＝木田元

M・ハイデッガー著／高田珠樹訳

言葉についての対話

日本人と問う人とのあいだの

ハイデッガーと日本人との対話という異色の形式による興味尽きない哲学書。ハイデッガーの言語思想への恰好の入門書であり、ハイデッガー哲学と東洋思想との関わりもわかる。

ジル・ドゥルーズ著／鈴木雅大訳

スピノザ

実践の哲学

大切なのは、概念の発明と情動の開放とを結びつけること。スピノザとドゥルーズのコラボレーションが生んだ現代のエチカ。付論、年譜、書誌を併収する増補決定版。

岡百合子著

中・高校生のための朝鮮・韓国の歴史

外国からの侵略による被害の連続だったといわれる朝鮮・韓国の歴史。その侵略・被侵略の軸から見るのではなく、奥にある明るく大らかな実像に迫った新しい入門書の登場。大人も必読！

M・マクルーハン＋E・カーペンター編著／大前正臣・後藤和彦訳

マクルーハン理論

電子メディアの可能性

「メディアはメッセージ」のマクルーハン・ブームとは何だったのか。総デジタル化と個人本位のメディア状況を読み解くための基本テキストとして甦る、スリリングな論集。

解説＝服部桂

ガヤトリ・C・スピヴァク著／田尻芳樹訳

デリダ論

『グラマトロジーについて』英訳版序文

フェミニズムとポストコロニアリズムの交差点から現代社会に鋭く介入し続ける著者が、ニーチェ、フロイト、ハイデガーらを通してデリダの思想を自在に論じたデビュー作。

フリードリヒ・W・ニーチェ著／渡邊二郎編

ニーチェ・セレクション

今なおその衝撃力を失わない過激にして深遠なニーチェの思想。そのニーチェの思想の全体像を、ニーチェのテキストをアンソロジー形式で再構成して示したニーチェ哲学入門。

ウンベルト・エーコ著／上村忠男・廣石正和訳

完全言語の探求

国民語が立ち上がる時代のヨーロッパで、バベル以前の祖語、完全なる言語への探求が始まった。異端の理説をも取りこみながら百科全書やコンピュータ言語まで辿り着く思想史を見事に描き出す。

柄谷行人著

政治と思想　1960－2011

日本を代表する思想家が、半世紀に及ぶ自らの知の歩みを語る。デモの必要性を説いた、原発震災後のインタビューを増補した決定版。柄谷行人の入門書としても最適。

グスタフ・ルネ・ホッケ著／種村季弘訳
文学におけるマニエリスム
言語錬金術ならびに秘教的組み合わせ術

『迷宮としての世界』姉妹編。文学史の中に、古典主義と精神史的対極に位置するマニエリスムの諸相と本体を多岐にわたる視点から厖大な文学作品を渉猟して見極める決定的な書物。
解説＝高山宏

テリー・イーグルトン著／大橋洋一訳
シェイクスピア
言語・欲望・貨幣

主要作品の挑戦的・刺激的な読解により、第一級の思想家として、シェイクスピアが現代に甦る！「読む」とは何か、「文学」とは、「批評」とは何かを知ることができる最良の入門書。

梶村秀樹著
排外主義克服のための朝鮮史

朝鮮史研究のパイオニアであった梶村秀樹が、日本人の排外主義克服のために知るべき朝鮮近現代史を、平明に情熱的に説いた連続講演の記録。
解説＝山本興正

桑野隆著
増補 バフチン
カーニヴァル・対話・笑い

文学論で有名なバフチンだが、じつは哲学、言語学、記号論等々をまたぐ領域横断的な知のあり方が本領。その巨大な知の全体像をあますところなく描く最良の入門書。

李光洙著／波田野節子訳
無情《ムジョン》

朝鮮近代文学の祖と言われるも、解放後「親日」と糾弾され消息不明となった李光洙。日本統治下の人々と社会をつぶさに描き、旧世界への危機感を喚起した傑作。